中阿典籍互译出版工程
مشروع تبادل الترجمة والنشر بين الصين والدول العربية

积恨成仇

[叙利亚] 穆罕默德·布尔汉 著
胡杨 译

五洲传播出版社

图书在版编目（CIP）数据

积恨成仇 /（叙利亚）穆罕默德·布尔汉著；胡杨译.
-- 北京：五洲传播出版社，2020.11
ISBN 978-7-5085-4515-8

Ⅰ.①积… Ⅱ.①穆… ②胡… Ⅲ.①长篇小说
－叙利亚－现代 Ⅳ.① I376.45

中国版本图书馆 CIP 数据核字（2020）第 216599 号

出 版 人：荆孝敏
责任编辑：杨　雪
装帧设计：清　君
内文设计：张国平

积恨成仇

作　　者：穆罕默德·布尔汉（叙利亚）
译　　者：胡　杨
出版发行：五洲传播出版社
地　　址：北京市海淀区北三环中路 31 号生产力大楼 B 座 6 层
邮　　编：100088
网　　址：www.cicc.org.cn www.thatsbooks.com
电　　话：010-82005927，010-82007837
印　　刷：北京画中画印刷有限公司印刷
开　　本：710×1000　1/16
印　　张：8.75
字　　数：160 千字
印　　次：2020 年 11 月第 1 版第 1 次印刷
书　　号：ISBN 978-7-5085-4515-8
定　　价：42.00 元

译者序

《积恨成仇》是叙利亚著名作家穆罕默德·布尔汉于2017年推出的最新小说,由约旦空间出版社出版。

小说围绕西班牙出土的十八份手稿展开。这些手稿用阿拉伯语、希伯来语、拉丁语写成,西班牙政府为此特招一批阿拉伯、犹太和西班牙专家,经研究发现,手稿的历史大致可以追溯到1499至1501年,主要记录了当时红衣主教西斯内罗斯组织的一系列宗教会议,讨论被卡斯蒂利亚王国征服后的格拉纳达,随之而来的一系列宗教冲突,全方位地展现了当时的社会面貌。

格拉纳达自公元711年,被柏柏尔人塔里克·伊本·齐亚德将军领兵征服后,一直处在穆斯林统治之下。1492年,当时格拉纳达的统治者穆罕默德十二世面对卡斯蒂利亚国的侵袭,宣布投降,把城市统治权交给卡斯蒂利亚国王,从此终结了穆斯林在格拉纳达的统治。穆罕默德十二世交城投降时双方签下协议,穆斯林可保持其信仰不变。可结果是,基督教主教们绞尽脑汁,迫使穆斯林皈依基督教,并随后出台政策,强迫穆斯林接受洗礼。这些举措导致了穆斯林的武装起义。卡斯蒂利亚王储顺势废除了当时与穆罕默德十二世签署的协议，强迫格拉纳达所有穆斯林改信基督教，否则就得离开故土。穆斯林群体中的一些精英被迫迁到了北非，而大多数人则选择改信基督教，这群人也被称作摩尔人。但妥协并未换来安稳的生活，他们长期遭受社会的压迫与不公。尽管如此，一些摩尔人却始终坚守着内心深处的伊斯兰教信仰。

小说的另一条主线是围绕着研究这些手稿的四人专家组展开的，他们来自不同的国家、拥有不同的信仰、不同的立场。因此，他们在辩论会上的意见和观点也往往大相径庭，矛盾冲突此起彼伏。隔阂与仇恨似乎是亘古不变，不管是卡斯蒂利亚统治下的格拉纳达，还是几百年后的当代，人与人之间的仇恨从未消停过，只是各有其因。如何化解仇恨，作者借笔下的人物做出了回答。小说中犹太女学者艾琳娜和阿拉伯人扎卡利亚从相互防备，到两看相厌，再到互生好感，最后坠入爱河。似乎在告诉我们，唯有爱才能消除偏见与仇恨。爱是沟通的桥梁，可以跨越误解和隔阂，化干戈为玉帛。

这本小说生动再现了格拉纳达沦陷的历史，谈到了那段历史中诸多惨绝人寰的事情，如焚书、拍卖少女。在风雨飘摇的年代，格拉纳达戴着仇恨的面罩，让被判为异教徒的百姓饱受摧残，这些影射了当今社会上令我们苦痛的种种。仇恨和敌意代代相传，旧仇孕育出新恨。宗教的冲突并未随着时间流逝而成为过去，依旧有许多无辜、鲜活、清白的生命成为冲突的牺牲品。

小说中的故事描写细腻，刻画入微。艾琳娜外婆被船长拦下，禁止登船时血溅当场；船员将船上的犹太病患装进麻袋中，扔进黑夜里咆哮的大海中。这一幕幕的画面，让读者深刻体会到，受迫害的犹太人颠沛流离时的凄惨处境，也让我们不由联想到近年来，阿拉伯时局动荡，许多人选择背井离乡。而迁徙之路布满了坎坷。许多叙利亚难民，为求得一份远离战火的生活，费尽周折拿到船票，却不料命丧于汪洋之中。小说里的艾琳娜一家所遭遇的与现今许许多多叙利亚家庭正在经历的，是那么的相似。历史似乎像块磨盘，总在原地打转，推着磨盘转动的是政客之间利益的冲突。而压榨、碾磨出的是无数无辜、鲜活生命的泪与血。何其幸运，包括我在内的许多中国人从出生到现在，都生活在和平年代。我们隔着电视屏幕，看到战争与动乱。于大多数人而言，隔岸观火，无关痛痒。这本小说，让你我有机会了解到。尽管有一群人，他们生活在光明照不到的阴暗角落，但他们没有真正地绝望，依旧选择相信爱与希望。

人活一世，难免几经风雨，但苦难面前人与人之间的爱是一种救赎，一种希望。小说中，专家组组长巴西里奥与尼泊尔寺庙中神女埃荷娜之间的故事，就展现出了爱与希望的力量。埃荷娜被选为神女，身居高位时，受众生叩拜，香火供奉。但当她成年后，立即被逐出了寺庙，弃于河边。去掉了神的光环，她是个生活不能自理，甚至不会走路的凡人。幸得好心人搭救，给予了她迟到的父爱，也让她有了出国读书深造的机会，并在那里邂逅了自己的老师巴西里奥。二人互为救赎，埃荷娜在老师的开导下，渐渐打开心结，人生头一次讲起了自己的过往。而巴西里奥凭借对神女的研究声名鹊起，但在埃荷娜的不辞而别后，陷入了前所未有的恐慌中。他不顾艰难险阻，千里迢迢来到了尼泊尔语与印度边境上的那个寺庙，只为寻得埃荷娜的一张照片。二人之间的感情究竟是不是爱情，其实并不重要。或许这个故事里，最让我们动容的是，旁人的温暖对于一个陷入绝境的人是多么难能可贵。如若没有好心人的出手相救，埃荷娜的故事将止于神女的光辉，不再有经历凡人喜乐的机会。

《积恨成仇》故事题材新颖，构思巧妙，是本值得一读的小说，书中探讨了仇恨、战争、宗教冲突等话题。这篇小说告诉我们：要相信爱是光，能够指引我们走出仇恨的阴影。

胡　杨

2020 年 9 月

目录

第一章　晚餐上的祷告 / 1

第二章　辩论厅 / 10

第三章　傻　雀 / 22

第四章　忏悔之行 / 27

第五章　文化浩劫 / 39

第六章　拍卖少女 / 49

第七章　与主的对话 / 62

第八章　水的蛊惑 / 72

第九章　历史的鞋 / 95

第十章　第十九卷宗 / 106

第十一章　安达卢西亚的诅咒 / 118

第一章　晚餐上的祷告

艾琳娜把旅游包搁在床上，瘫坐在窗边一把棕色的摇椅上。房间里的东西都很陌生，所以谈不上喜欢，她唯一的希望就是尽早习惯这里。

艾琳娜望向楼下的庭院，庭院中的碧池和跳动的喷泉，着实让人着迷，水声是熟悉的，跟晚餐时分的祷告一样律动。

这么快就想出如此精辟的比喻，艾琳娜不禁在脑海中再次回味起"晚餐时分的祷告"那句话。

显然这项生疏的绝活她又捡回来了，这扇窗外别样的景致，让她少了些决绝，多了些诗意。

艾琳娜微微探出身子，庭院的风景尽收眼底。院子里巴西里奥和马特奥动静不小。

他们带了一双影子探索这片天地，时而把手伸进圆形的池塘，试一把水的温凉，时而匿于某处，留下马特奥尖厉恼人的声音在回荡。

刚才，巴西里奥为尽地主之谊，笑着请她和扎卡里亚住进楼上的两间房子，说自己和马特奥会住到楼下去。至于比庭院高出三个台阶的大走廊,那是大家公用的客厅。

"地主之谊",艾琳娜讨厌旅程刚一开始就被区别对待。

的确,她来自一个三千公里外的国家,是一行人中唯一的女性。但这并不代表她愿意接受开场就被特殊照顾,特别是被巴西里奥照顾。

强烈的自尊和学识,容不下她接受这番优待。艾琳娜是希伯来大学曼德尔社会研究学院的教授,主讲科学研究法。这所大学来头不小,爱因斯坦和纳胡姆·索克卢弗[①]是第一任校董。

她知道在这里,自己不仅仅代表个人,还代表所有自己仰慕过的老师,尽管其中一些大师她不曾见过。

艾琳娜清楚地记得自己思想的演变过程,记得这些大师是如何潜移默化地影响自己的。

索克卢弗是艾琳娜的思想启蒙老师,当艾琳娜发现他俩都是波兰籍时,便对索克卢弗愈发着迷。后来艾琳娜对精神锡安主义产生了很大兴趣,该哲学流派作家艾哈德·荷阿姆[②]自然而然取代了索克卢弗在她心中的地位。

之后艾琳娜一直保持中立的思想,避而不谈政治锡安主义的学说,甚至厌烦那些冠冕堂皇的陈词滥调。为此她钻研数

---

① 纳胡姆·索克卢弗(1859—1936),波兰犹太人,为犹太复国主义运动的主要领袖,1932—1935年期间担任世界犹太复国主义组织主席。
② 艾哈德·荷阿姆(1856—1927),俄国犹太人,著名希伯来文学作家,精神锡安主义哲学家,认为在巴勒斯坦建国无法从根本上解决世界各地犹太人所遭受的压迫。主张建立精神家园,团结和鼓舞世界各地的犹太人。

月，完成了两篇关于文化锡安主义①的论文。

没过多久，她不再提自己的这两篇大作，在学生面前也缄默其口。艾琳娜对自己任教的大学也有些失望，因为她在学校档案中偶然发现了关于以色列向阿拉伯城镇渗透人口的计划，学校有八位教授出力不少，他们奉命绘制了本·古里安②目标城镇的地图。其中一些人还是幕后委员会的常任顾问，负责计划的实施。

这一重大发现让艾琳娜和学校的关系几乎破裂，她心灰意冷，好几个月都没去上课。

回忆起那件事，艾琳娜的腰也跟着疼，她打着圈按摩腰部，喃喃自语，声音不大不小，刚好能听见：

朋友啊，你轻点疼嘞，好久没动静以为你睡着了，肯定是包太重压醒你了。

艾琳娜老是这么调侃自己身体上的病痛，尤其是腰椎疼痛。

对病痛的接受和友善，最后变成了一种爱，这算是治疗慢性病最成功的方法了。

艾琳娜从椅子上起身，解开牛仔裤的扣子，拉下了一点儿拉链，以此来减轻对患处的压迫，她把包往旁边挪了挪，躺在床边。

她双眼盯着铺满天花板的石膏画，难以理解的构图，歪斜的线条，断断续续，看不出样子，是花儿，是李子，还是女人充

---

① 文化锡安主义又称精神锡安主义，强调犹太人文化遗产，希伯来语的重要性。
② 本·古里安（1886—1973），以色列第一任总理，执政长达十五年。

满诱惑的乳房。

壁画像新补上去的，补画的人在有意模仿这座房子原设计师的手法，只可惜干巴巴的，跟大师的独具匠心没法比，寥寥几笔却成了败笔，看得出画者资质平平。

艾琳娜在猜，五百年前天花板上的画是什么样的，肯定不像现在这么呆板、乏味。会是幅镶嵌画吗？画中母亲抱着儿子坐在橄榄树林里，眼神中流露着对生活的希望。或许是幅大理石画，画了位开天辟地的天使，一手举着太阳，一手端着彩云。又或许是阿拉伯书法，字母间交叉重叠，拼起来是句伊本·宰敦或伊本·海法捷[①]的诗。

艾琳娜心中嘀咕：不管是哪幅都好过头顶这个粗鄙的设计。她别过脸突然发现门后的角落有个大木柜，木柜局部被焊上了长方形铜片。她不禁笑道：这应该是用来堆行李的储物柜。设计制作这个木柜的人相信，人们在包装历史的同时，会活得更现实。艾琳娜心想，在这里，看来是没机会穿那两身长款的晚礼服了，衣服搁进这个箱子，保准压出褶皱变得破破烂烂。再说同行的人里，有谁值得自己花番心思打扮呢！

艾琳娜脑海浮现出那三个男人的脸，个个老气横秋，没一个能提得起自己的兴趣，更难受的是还必须要跟他们在一起待好几周。

艾琳娜总是拿最好的犒劳自己的身体，从来不凑合。

她将男女约会划分成三个等级：智慧，精神，享乐。成年后的她和男人约会就是图个开心，于她而言，未来不可期。人到四十要想遇个灵魂伴侣，那得天公作美。要想找个智慧型伴

[①] 两人均为安达卢西亚的著名诗人。

侣，对方得百里挑一，才华横溢。这点艾琳娜是很难做到的。

因此她放任不羁，只求享乐，但从不过火，她这个人很尊重自己的身体，不会把一身的美好与成熟随便浪费在不值得的人身上。她那高耸的双峰像两瓣石榴，圆润的丰臀令人血脉偾张。纤纤玉腿，肤若白脂，亭亭玉立，就像博物馆里的珍品，只能惊叹不能独占。她摸着自己衣扣守不住的酥胸，满意地笑了。

艾琳娜从妈妈奥莉那学会了如何为自己的身体考虑，如何善待自己的身体。奥莉当时老说："你的身体不是你自己，它是你的朋友，你善待它，爱它，你们之间的友谊才会牢不可破，它也会忠于你。你不抛弃它，它便不辜负你。"

艾琳娜的妈妈讨厌那些奴役自己身体的人，对待身体像对待帽子、手表，甚至是鞋袜，像在行使自己对物品的所有权。这些人的身体一旦有机会，就会叛变甚至夺人性命。奥莉一点也不同情他们的遭遇，他们遭遇的一切都是平日太自私的结果，咎由自取。

认同这种观点和生活方式并非易事，小时候艾琳娜只是照做，不去深思其中的道理。成年后她出落得愈发成熟迷人，像花朵初绽，形色俱佳。艾琳娜更加赞同妈妈的观点。

她仍清楚地记得月经初潮时的恐慌，那件事让她一下子了解了自己的身体。当时她正和发小埃弗拉在耶路撒冷法国山的老家里打闹。老家门前是一片高高的松林，那里有许多捉迷藏时的绝佳藏身宝地。艾琳娜偷偷从胳膊下瞄了一眼，看看埃弗拉往哪藏。突然她瞥到两滴血滴在了脚上，奇怪的黏稠感让她惊慌不已，吓得失声大叫，可怜的埃弗拉也被莫名的喊声吓得叫出声来。艾琳娜跑去找妈妈,埃弗拉见势撒腿就跑,生怕被当成罪魁祸首。当时奥莉正在厨房做饭,看到女儿一脸的惊慌失措,赶紧把她搂进自己怀里,温柔地拍着她的后背,轻轻说道:"艾琳娜啊,你的身体在跟你说话,它已经长大了,能开口说话了!"妈妈的平静和微笑多多少少减轻了艾琳娜内心的恐慌,但她仍抖个不停,想听更多的解释。妈妈继续说:"从现在开始,每月到了这个时候,你要学会听它说话,它在跟你说,它自己很好,也很爱你,你只要听它说话,并对它的爱做出回应就好。"

开始,这份爱掺杂着恐惧,但月复一月,恐慌褪去后,艾琳娜渐渐变得理性,像是换了个人似的,开始喜欢静静地看书,不喜欢到处打闹的喧哗。

艾琳娜和妈妈的聊天总是从自己最爱的两个话题谈起,那便是:"身体的奥秘"和"以色列国"。

家中庭院里有棵高高的松树,它有个名字,是奥莉取的,叫欧玛奶奶。树下,奥莉给女儿讲着往耶路撒冷逃难时的重重险阻,旅途可谓九死一生。她清清楚楚地记得"安杰利卡号"船上的每一个细节,尽管当时她还不到九岁。

那时战争愈演愈烈,尸横遍野。纳粹所到之处,血流成河,法西斯的矛头直指闪米特人。奥莉的父亲,也就是艾琳娜从未谋面的外公觉得待在科托努[①]每时每刻都有危险,必须离开。但他们无处可去,正当穷途末路时,"安杰利卡号"船突然开放了一个通道。这艘船是英国工人党为波兰犹太人准备的,

---

① 非洲西部国家贝宁的首都。

说是两天后从格但斯克①启航前往耶路撒冷。

从科托努到格但斯克的路上,危机四伏,一家人藏在破旧的货运箱子里。艾琳娜奶奶欧玛受不了刺骨的寒风,加上一路上提心吊胆,很快病倒了。每过关卡时,四位难民:奥莉,她的父母和奶奶,都做好了被揪出来的准备,他们互相拥抱,哭着抱紧小女儿,做生死道别。

奥莉时至今日还记得,那次奶奶欧玛因为惊吓过度当场晕厥。当时船长下达了命令,船上不接纳六十岁以上的人。船长站在跳板上,制服白得瘆人,肩上的勋章耷拉着。他命令手下拦下那些上了年纪的人。漂洋过海,道阻且长,船长认为病人和老人都经不起这番折腾,他们上船只会占掉年轻力壮者的位置,浪费掉别人求生的机会。

船长叫奶奶欧玛回去的时候,奶奶六神无主,绊了一跤,晕倒在地。额头撞到了铁栅栏,血流不止。奥莉的父母做不出任何决定,回去意味着一家人都得等死,只能一边号啕大哭一边往前走,留下奶奶独自面对未知的命运。

每当奥莉谈起那段过往时,血溅船头的那幕不停地在脑海中浮现,像是融进了血液。

艾琳娜妈妈回忆海上的一百零五天,觉得每分每秒都过得痛苦万分。四百多名乘客哭天喊地,恸哭声不绝于耳。每个人都背负着两重悲剧,抛在身后的亲人在劫难逃,候在前头的命运不可预料。船上所有人都明白,投奔之地只能保自己一命,绝非天真派津津乐道的应许之地。

到了第三周,船上开始排查白喉病,鉴于在大多数码头停

---

① 波兰北部沿海地区的第一大城市和最重要的海港。

靠都很不安全,船长决定处理掉船上所有出现病症的人。夜里,水手将病情恶化的患者扔进大海深处,被留在船上的亲人哭天抢地。夜里更让人胆战心惊,除了偶尔的海浪咆哮和船板呻吟,呐喊和恸哭成了常态,饥渴和晕船更是旅程的家常便饭。

水手每天早上四处排查新的病患,对排查的恐惧远比夜间的行刑残忍。有时三四个虎背熊腰的水手,突然到下等舱搞突袭,检查所有人的脖子。只要脖子红肿就被视为病患,一些人为自己开脱,不惜发毒誓说自己不巧被蜇了,或者说被衣鱼咬了。但粗鲁的检察员不管三七二十一,任何症状都不放过,口吐白沫的人,直接在头上套个袋子,防止传染给别人,然后拖走。

隔离只不过是提前宣判死亡,被隔离在机舱旁边的人,没有得到任何治疗,发烧呕吐都没人搭理。他们被集中关在密不透风,阴冷发潮的房子里,墙壁都发霉了,这只会让病情加重。被错误处置的隔离者没过几小时,就真的染病了,加入等死行列。

尽管时过境迁,艾琳娜妈妈还能原原本本地讲述那段颠沛流离的行程,一字不差地讲了好几十遍。当时的景象像圣经一样,她早已熟记于心。

艾琳娜不知为何想到这里就打住了,可能是周六傍晚的祷告让她浮想联翩。她寻思着:"要是住在这栋房子的一家人是犹太人,五百年前也被迫异走他乡呢?"她再次跑到窗边,出神地看向楼下的庭院,仿佛看到了想象中的世界,锃亮的毯子铺在庭院的一角,一家人其乐融融,围着毯子坐成一圈。

父亲坐在中间，穿着带黄色条纹的白袍，头上戴顶黑色帽子。他的妻子兴冲冲地从厨房出来，一手端着煎好的糕点，一手端着盛满扁桃大蒜汤的木盘。她围了件白色的披风，脚上穿着尖头皮船鞋，这身打扮像是从一千零一夜中走出来的。在院子的角落里，一只猫咪慵懒地躺在地上，小男孩和小女孩正逗猫玩儿，每惹出一声猫叫，就开心地蹦蹦跳跳。过了一会儿，父亲叫两个孩子过来吃晚餐，在四人把手伸向食物之前，父亲开始一脸虔诚地做祈祷，声音浑厚。

　　一朵云飘过，遮住了晚霞的余晖，整个屋子顿时变得昏暗，艾琳娜的脑海中又浮现出另一幅画面。一家人陷入恐慌，手忙脚乱地打包行李，夫妻略显悲伤，孩子一脸惊恐，猫像发了疯一样到处逃窜，拉长的叫声像是哀号。

　　艾琳娜躺在床上，继续脑补这幅画面。这一家人又要踏上九死一生的征程，在崎岖的山路上艰难前行，忍饥挨饿，遇上了排山倒海的飓风险些丧命，跟艾琳娜父辈从科托努逃难到耶路撒冷一样地惊心动魄。

　　艾琳娜蜷着身子，抱紧双膝，像个胎儿，自己哄自己睡觉。这种躺姿似乎能重新感受到子宫的温暖，疲惫的身体像根紧绷的皮筋松了下来，大脑的神经沉醉在一片静寂中，没有电流划过，她像是在灵动的水中游泳，享受着寂静与安宁，第五根腰椎也安然睡去。

第二章 辩论厅

尊敬的扎卡里亚先生：

您好！

您二十年来在历史研究领域坚持不懈的努力，着实令人钦佩，很高兴跟您取得了联系。

毋庸置疑，您建树颇多，极大地丰富了该领域的研究，您的一些著作是欧洲乃至全世界专家做研究时必备的参考读物。我尤为喜欢您的《友爱之史》一书，这本佳作的译本，每过几年我都会重温一次。

目前有一个比较特殊的研究项目，我想邀您加入，部分细节目前还处于保密阶段，信里不方便透露。但我保证，您的参与不仅使项目如虎添翼，也会是您研究生涯中浓墨重彩的一笔。项目大概耗时两个月，届时我会在我们的国家好好招待您。

计划于明年初启动该项目，所以烦请您尽快答复我们，以便我们准备签证和接待事宜。我们提供的报酬情况和合同已附在文末，您签字后，请附上您的护照复印件，一并寄给我们。咨询相关流程，您可联系我们的办公室，地址已在信头写明。

顺致崇高敬意！

柯塞·伊格纳西奥·菲拉特
西班牙教育、文化与体育部部长

扎克里亚心生佩服，一个非阿拉伯人的阿语造诣，竟能这般炉火纯青，语法和笔画都没出错。

扎克里亚承认，即使在收到签证和机票之后，他仍觉得这一切只是某个损友的恶作剧。总有些人爱把你对工作的热情编排成茶余饭后的笑料。

但他现在在长桌前，坐在自己的位置上，右手边坐了位亭亭玉立的犹太姑娘，背挺得笔直，衣服下摆刚没过膝盖。左手边是个四十好几的西班牙人，脸上毫无血色，神经质地转着手里的红笔。所有人都在等着菲尔特部长来开会，而部长此刻在巴西里奥的陪同下，正视察地窖里的文物室。

扎卡里亚觉得自己坐立难安，七十年来的文化冲突和军事纷争早已把彼此间的界限划得清清楚楚，只是惊鸿一瞥，他已心潮澎湃。

为了让自己别那么心神不安，扎克里亚决定重施故技，试试朋友纳尔杨教他的一招"旁观者清"，即跳出自我的一方天地，以局外人的眼光审视发生的一切。这种心理暗示能让人沉心静气。但这回局外人也不消停，无法忘怀姑娘雪白的双腿，不单单是这双腿，还有整个温热的身体。

"局外人"也变得心神不定,双眼打量着她,不放过任何细节。白色短裙,衣服在锁骨和腰这些部位是镂空的。这叫人如何自拔!他凑得更近了,险些要贴上犹太姑娘的脸。

姑娘?她早已不是了。可以用"年过四十的女人如枝头红杏"①这句诗来形容。这个借喻用在此处十分妥帖,似专为她而写。当然她可不是杏子,领口处的风光,都不止如此。

门外一阵喧哗,一定是部长和巴西里奥来了。扎克里亚回神了,局外人得退场。

走近会议室的不止他们两位,后面跟了个瘦削、相貌堂堂的男子,穿了身天蓝色的马甲,没有打领带。巴西里奥介绍说,他是文化部的部长助理柯赛·玛利亚·拉希尔。而部长菲拉特六十有余,神采奕奕,有双会说话的眼睛。

三人在各自的位置上坐定,部长菲拉特跟在场的人挨个寒暄,仿佛并不需要他人的引见。

部长首先问候了艾琳娜,问她初次到西班牙这个历经沧桑的国家,有何感触。艾琳娜说百闻不如一见,还有待慢慢体会。

艾琳娜可谓直言快语,部长一直保持着自己外交式的微笑。把深邃的目光投向了扎卡里亚,问他:

"这是你们祖先的土地,一定勾起了你的乡愁。"

扎卡里亚在位置上坐正,琢磨着要怎样回答才算恰当:

"这当然不是祖先的土地了。我们的祖先曾经占领过它,但也将它打造成一代盛世。当我看到祖辈的光辉和贡献时,心潮澎湃是必然的。"

---

① 该句诗出自巴勒斯坦著名诗人达尔维什的《在这片土地上》,形容年过四十的女人风韵犹存。

部长没预料到是这样的回答,眉峰一挑,左鼻翼处的黑痣也跟着往上动了一下:

"一直没有机会读您关于安达卢西亚王朝的作品,所以不敢轻易揣测你对此的观点。令我高兴的是,你承认了这是侵略。"

一听到"承认"二字,扎卡里亚大吃一惊,尤其是部长刻意重读了"admit"这个词。

"先生,事实是不需要我们承认的。我们才是需要被承认的。"

扎卡里亚回想了一下刚刚给出的回答,觉得意思反而变得扑朔迷离了,他继续补充道:

"我认为任何一位阿拉伯学者、思想家都不会否认,曾经在这里的我们是某种形式的侵略,但它给这片土地也带来了文明的飞跃,没有前因,何来后果。"

艾琳娜在座位上晃来晃去,像是要说点什么。部长看向她,点头示意她请说:

"我持不同意见。穆斯林不承认自己来到这片土地是侵略,他们把它叫作征服。对于在漫长历史中阿拉伯军队发起的攻击,他们一贯喜欢如此命名。"

马特奥一听就来劲了,像老虎瞥见了林中之物,他打断艾琳娜的话说:

"我完全同意艾琳娜的说法。伊斯兰世界视这片土地为自己的一块封地,现如今还在为自己的背井离乡鸣不平。在阿拉伯人撤出安达卢西亚五百年后,有位盛名在外的诗人,写了本诗集,专为悼念遗失的乐园。"

部长想听听巴西里奥的看法,问道:

"你觉得这两个概念有何不同？征服一词是否有除侵略以外的其他含义？"

巴西里奥的眼睛透过厚厚的镜片，盯着扎克里亚的脸看了好几秒，琢磨着该如何遣词造句：

"关于这一话题，我觉得阿拉伯和伊斯兰的观点不尽相同。艾琳娜传达的是伊斯兰传统的观点，扎克里亚则是从阿拉伯视角出发的。"

巴西里奥向来都善于协调，一统各方观点，做到不偏不倚，只有学识渊博的人才能做到这样。正因如此，部长才会向他求助。

部长助理柯赛在蓝色小笔记本上记完要点后，说道：

"当然，我们的任务是在巴西里奥博士带领下，大家携手共同完成项目。你们现在讨论的内容是对此重要的补充。在接下来的两个月，你们有足够的时间来进行诸如此类的讨论。我现在想说明一下工作的性质、机制和分工。我也希望借此机会为大家介绍一下开展这一项目的历史大背景。"

他的脸充满稚气，小小的鼻子，日本版画里的眼睛，配一副轻巧的眼镜。这让他看起来像个匠人，或是股市新贵。他也意识到了这一点，所以故意留了胡子显得阅历匪浅。他继续往下讲，尽可能详略得当，引人入胜：

"我们回到 1499 年年初，即卡斯蒂利亚国王伊莎贝一世和丈夫费尔南多收复格拉纳达的七年后，阿尔拜辛[①]市场出事了，

---

① 阿尔拜辛（Albayzín），西班牙安达卢西亚城市格拉纳达的一个区，保留了狭窄而蜿蜒的中世纪摩尔街道。1984 年与著名的阿尔罕布拉宫一同列为世界遗产。

这场危机险些让格拉纳达毁于一旦,幸好塔拉博里主教处变不惊,化险为夷,让这座城市又重归昔日的平静。神父给卡斯蒂利亚的双王写了封信,信中详细描述了这场动荡。"

马特奥神情明显不悦,特别是听到"处变不惊"一词后。

柯赛·拉希尔从一厚沓文件中抽出一张纸,用他流利的英语念着上面的内容:

"主教西斯内罗斯[①]派一位叫布拉斯卡·迪·巴里尤努布的警官去阿尔拜辛郊外,缉拿一名穆斯林妇女,将她带到法庭进行审判。

当警官和他的副手把这名女子带到教堂时,她开始朝周围的人大喊救命,说教堂强迫她改信基督教。尽管这种事时有发生,但从未有过大动静。这次阿尔拜辛的民众揭竿而起,包围了这名警官和副手。

两位警官拼命反抗,坚持朝前走。人群一拥而上,对两人拳打脚踢。有人扔了块大石头砸到了布拉斯卡的头,这位警官当场倒地身亡,浑身是血的副手趁乱逃了出来。

愤怒的人群并不满足于此,为了报仇,他们决定包抄主教西斯内罗斯的家。他们抄起家里所有的刀具棍棒,把主教的家团团围住。

另一群人封住主教家所有的出口,派人守着阿尔拜辛的大街小巷。

西斯内罗斯发觉局面已经无法控制,闭门不出,在家和门客群僚商量对策。

---

① 弗朗西斯科·希梅内斯·德·西斯内罗斯(1436—1517),文艺复兴时期欧洲神学家,通称希梅内斯主教。

正当此时，塔拉博里主教接见了城中显贵坦达利亚，重申投降协议的第三十条：任何嫁给穆斯林男子的基督徒，改信伊斯兰教后，不得强迫她重信基督教，主教强烈指责西斯内罗斯破坏了这一规定。"

马特奥在椅子上挪来挪去，忍不住插话：

"我不认为这份历史文件真实可靠，它有多处纰漏，首先……"

巴西里奥朝马特奥挥挥手，叫他别激动：

"马特奥博士！这不是调研会，这次只是预热，等咱们召开调研会时，你尽可以畅所欲言。"

说完又露出了他那招牌微笑，示意柯赛继续主持会议：

"紧张局势一天天加剧，特别是阿尔拜辛的居民决定起义后，推选出自己的领袖，让他来策划起义，跟山里的武装分子里应外合，来讨伐当权者，他们的首要目标是教堂神职人员。

塔拉博里觉得刻不容缓，必须立即采取措施来稳住局面，他跟坦达利亚公爵达成一致，果断介入此事。

塔拉博里把自己信得过的修道士和牧师都召集在一起，取下挂在教堂墙上有一人长的十字架，背在身上，从教堂出发朝城门走去，除了众多侍从，也有些游手好闲的人一直跟着，他们想看看到底怎么回事。坦达利亚公爵则一身戎装，骑着骏马赶来。

当众人经过第一个堡垒时，石子从四面八方砸来，围观的众人一哄而散，只有塔拉博里主教重新捡起十字架，坚持往前走，毫不在意将要发生的事情。

高处落下的石子如瓢泼大雨，但主教毫发未伤，他背上的十字架像是把神伞，能逢凶化吉。"

何塞拉希尔继续用他浑厚的嗓音读着，其他人则专心致志地在本子上记下一些要点：

"这一幕似有神明保佑，穆斯林居民十分震惊，都放下手中的石子，跑向主教，帮他重新背上十字架，有人趁机亲吻他的手和衣角，以求主福佑。

坦达利亚公爵见形势好转，骑着马朝城门奔来。

众人诧异地望向他，愣在原地，不知所措。庄重的气氛告诉他，他们的行动已大获全胜，他摘下头顶的红帽，扔向渴望和解的人群。

公爵的这一举动俘获了民心，众人一路相送，直到他和塔拉博里主教走进府邸，他们召集了当地的达官显贵，缔结条约来终止这场危机，城市重归安宁。

之后阿尔拜辛的居民也纷纷交出藏匿的武器，交出了杀害警官布拉斯卡的凶手，这些人也愿意接受法庭的裁判，最后被判处死刑。"

柯赛·拉希尔放下手中的文件，目光巡行在众人间，表明接下来的话很重要：

"事情并没有到此为止，卡斯蒂亚双王招来主教西斯内罗斯和塔拉博里，听两人汇报此事。

当两位主教回到格拉纳达时，一份关系到城市治理的决议，已开始执行。

我们未能找到任何说明这项条约的文献，其中的条目也不得而知。因为这份条约并未书写成文，只是卡斯蒂亚双王向两位主教下达的口头指示。

然而接下来发生的事情却给我们提供了线索，两位主教召开了一系列的会议，商议城市大小事宜，做出的决策关系到了城市的生死存亡。

而当时的会议纪要是由三名翻译负责的，分别用拉丁语、希伯来语和阿拉伯语写成。"

柯赛转头看向部长菲拉特，点头示意他可以继续主持会议了。部长从椅子上起身，走向框着两条金属边的白板前。

他的背影更能显示出他阅历不凡，那些岁月伏在他的肩头。平整的黑色马甲掩不住他一生的跌宕起伏。部长拿起蓝色记号笔画了两条竖线，把白板隔成三大块：

"在这间屋子，准确来说是这个文献室，西斯内罗斯和塔拉博里至少召开过六次会议，商量过不少重要的决议。鉴于他们讨论的内容，不仅关乎当下，还会影响到未来。所以两人决定用当时通用的三种语言记录下会议经过。塔拉博里主教觉得这份会议纪要，不仅能在卡斯蒂利亚双王那里交差，还会载于史册，两人若发生分歧，也有依有据。我们认真考虑了一下，决定给这间屋子取名为辩论厅。据史料记载，这间屋子当时是属于坦达利亚公爵的。为方便两位主教召开会议，公爵提供了这间远离闹市的屋子。"

部长提笔在白板的最上方写了些关键词，他继续说道：

"有时坦达利亚公爵也会参加这些会议，在一些讨论中阐明自己的观点。"

白板的第一大块清清楚楚地写着：精确（Accuracy）

第二块写的是：中立（Neutralism）

第三块：修辞。部长写的是西班牙语，Elocuencia 一词。

之后他说道：

"我们现在面临的问题是，三种语言写成的文稿存在很多分歧，我们要做的是，通过观察这些分歧，找出背后可能的原因。是否是某位翻译不够严谨导致的？或是不够中立？又或是使用了修辞，很难翻译成另外一种语言。这种推理应当解释得通所有分歧点，我们最终要写出两份报告：第一份报告很明确，分析文稿中的分歧之处，第二份报告尤为重要，概括这十八份文献，并附上各位的注解。"

部长缓缓走回座位，张嘴一笑露出了有些发黑、不太规整的牙齿：

"当然，为了顺利开启工作，你们现在有什么问题都可以提出来。"

艾琳娜胳膊肘撑在桌子上，下巴抵在交叉的双手上，样子秀色可餐。她说道：

"部长好，您刚才谈到会议和文献时，一直提到两个字，请问这有何用意呢？"

菲拉特有意打破和艾琳娜最初的那种隔阂：

"问得好，我的美国朋友们说这个疑问价值百万美元，当年塔拉博里和西斯内罗斯两位主教在此召开了会议，事实上我们也不知道，目前发现的这十八份文稿，是不是所有的会议纪要。我们推测还有其他的会议纪要，但是丢失了，或是故意被藏起来，转移到不为人知的地方了。"

柯塞·拉西尔插话说：

"不过根据我们的历史研究，能够确定的是主教西斯内罗斯的地位和出席率与日俱增。会议召开一段时间以后，但具体多久尚不明确，西斯内罗斯做决定时不再征求塔拉博里的意见。会议曾经中断过一阵，十有八九是因为西斯内罗斯进京面圣，说服双王让他独揽大权。"

部长继续往下说：

"毫无疑问西斯内罗斯能独揽大权，得益于他在基督教传教运动中连连取得的成功，以及在双王军队攻下的城市里，他在宗教事务和社会上威望很高，说一不二。"

扎卡里亚没大注意部长刚刚说的那段话，满脑子还思索着会议纪要的事，他对此好奇不已，清清嗓子，预示着要说两句：

"您之前说，推测有其他的会议纪要丢失了或者被藏起来了，我对这一点很感兴趣，您可否谈谈，这种推测从何而来？"

"两年前，在市东的一家果园发现了一份阿语手稿，我们一直认为这份手稿和当年在此召开的会议有关。根据碳测定法推断它们都属同一时期。而且作者在文章的开头就指出，自己是哈利勒·瓦希尼，别名赛伯斯，恰巧跟会议纪要的一位作者同名，确切地说是阿拉伯语文稿作者，因此我们不排除还有其他尚未发现的文稿。"

扎克里亚反问道：

"部长难道您不觉得，这种手稿应该纳入我们研究的范畴吗？"

部长回答说：

"暂且不论这份手稿是否真的是会议纪要，即使是，它仅仅只有阿语版本，也无从进行比较。

因为它是阿语手稿，我希望你们都可以去读读。"

部长看向巴西里奥，眼光中带着寻问，后者回答道：

"这是有利无害的事。"

部长继续说道：

"柯赛，你能尽快给扎卡里亚先生复印一份这个阿语手稿吗？"

马特奥略显不悦，插话说：

"我觉得这会影响咱们工作的进程，这样咱们如何一起讨论呢……"

巴西里奥又扮演起了和事佬：

"那么我建议，扎卡里亚自行阅读第十九份会议纪要，权当增长见识，不纳入咱们的讨论，也不用写进最后的总结报告。"

第三章　傻　雀

马特奥每接到一项任务总如大战在即。他习惯了以这种心态来完成别人派给他的工作。

有没有队友对他而言并不重要，他总把工作想象成一场角斗，否则他的热情很快就会褪去，剩下的只有索然无味。

他先考虑的是，"把谁当成这次角斗的对手呢？"

"是单打独斗还是多方角逐呢？"

单打独斗的话，他能集中精力对付敌手，胜算更大，但角斗的乐趣自然就会变少。像他这种专业杀手，这样有点屈才。不如放手一搏，跟多方对峙。事实上，他有了三个目标。

根据手头的资料，他必须将巴西里奥排除到角斗的名单之外。且不说他是小组组长，没脾气到让人着急，仅就他深不可测、渊博的学识就很难对付。他一开始很会息事宁人，先让马特奥在一楼挑选他自己中意的房间。

艾琳娜是位美女，马特奥往往不会让美女做自己的假想敌。但她作为对手绝对不可小觑。

艾琳娜来自不同的宗教，不同的文化，一个打满问号的国家,所有的这一切让她进了马特奥的短名单。

扎克里亚是他最明确,最具吸引力的目标。

他的宗教、文化和归属地都是复杂多样的。他和自己认识的其他阿拉伯人一样,非常粗枝大叶。

消灭他不费吹灰之力,他的神经像是绷在刀刃上的弦,随时有断掉的可能。

这个阿拉伯人也是奇怪!一起坐在车上的时候,就一直打量马特奥,他的问题很多,这让他第一个进了马特奥的假想敌名单。他说:"他(马特奥)的脸老是气得发紫,像烧热的炊具。"

马特奥才不会白白浪费掉这个机会,他当然要还击,便半开玩笑地说:

你这中东面孔,倒让我想起了奥斯曼春天[①],马德里阿托查车站的爆炸[②]。

当时马特奥感觉扎卡里亚的拳头朝自己的脸挥了过来,但半路突然变换了轨迹,生生把一拳头变成了气急败坏时的扶额揉眼。

马特奥当时意识到战争已经提前开始了,他尚未来得及好好规划一下。

不过时间倒是充裕,有足足两个月的时间来报仇,以退为进!

马特奥告诉自己必须打好这一战。他坐在桌前,翻阅他认

---

① 指2013年土耳其爆发的万人骚乱。
② 指2004年在西班牙马德里火车站发生的连环爆炸,为恐怖袭击,造成190人丧生。

真收集的参考文献，这可是这场战争的枪支弹药。

屋外的金丝雀叫个不停，它正喝着从海边打来的水，奈何鸟叫声刺耳至极，让他无法专心，事实上，任何自然界的声音都让他心烦不已。

他起身，从包里取出一对橙色的耳塞戴上。金丝雀的声音变得模糊了，他像是坠入水中，一切重归宁静。马特奥十分满意，又开始聚精会神地工作了。

明早将迎来第一场研讨会，巴西里奥给它取了个好名，叫"忏悔游行"，会议是关于西斯内罗斯和塔拉博里两位主教当年在辩论厅签订的第一份会议纪要。

西斯内罗斯想要举行一场庆典来祝贺塔拉博里主教，他让几十位穆斯林、犹太教徒、异教徒幡然醒悟，改信了基督教，并在法庭上认罪，恳求宽恕，真心实意地想做个虔诚的基督徒。

马特奥知道在研讨会上阐明己见，将会是场鏖战，指导手册上的简介部分提到，当时塔拉博里主教强烈反对举办这种庆典。

马特奥不停地琢磨文中的那句话："他生性温和，相信异教徒可以被感化。"

塔拉博里主教一心想要省事宁人，大张旗鼓怕引起城里非穆斯林的不悦。他们在战败后变得草木皆兵。

"失败者不值得同情。""想赢得彻底就不能有妇人之仁。"

"不能有妇人之仁"，马特奥十分赞成这种说法，每每听到都会热血沸腾。

他是来自马德里康普顿斯大学的历史教授，主要研究方向为社会和政治思潮。他总是用两大事实来武装自己：首先是伟大的基督教信仰，五百年前西斯内罗斯对于重振基督教功不可没。

其次，也是他一直引以为傲的，自己任教的大学，堪称世界上最古老的大学之一，是自己钦佩的天主教枢机一手创办的。

马特奥在学术场合，都会这样介绍自己：

"我来自世界上最古老的大学；"

"我们的大学每年培养的精英达十二万；"

"我们的大学有五千名教授。"

这些数字不是一成不变的，在非洲和亚洲一些名不见经传的地方，罗列数字并不能让听众觉得震撼。如果有人提出异议，他就回顾一下大学的历史。

马特奥二十五年的研究教学资历，让他觉得自己理应拥有比别人更多的东西，"只要目标高尚，是否占理并不重要。"

何为高尚的目标，他的定义也是与众不同的。他自恃祖辈相传的基督教信仰，认为他的所有设想从本质上都是崇高的。

"那只笨麻雀消停了？还是死了呢？"

他取下一只耳塞，确认周围不吵了。

马特奥桌上堆了一摞书，他从最底下中抽出了一本，是艾非鲁斯的《证据》。

书的封面是一位穆斯林医生和哲学家的画像，他坐在沙发上，手托着下巴做沉思状。他胡子拉碴，白色的缠头巾让马特奥十分鄙夷。他连忙往后翻了好几页。

尽管这本书他已经读了好几遍，但不得不承认，每次读都有新的收获。

他每次接到新的科研任务，都把《证据》和《诡辩》这两本书当作参考读物，跟亚里士多德，柏拉图，巴门尼德[①]著作摞在一起。

特别是《证据》一书大大提升了他的辩论能力，让他更加言辞敏捷，能说会道。所以辩论会召开之前，他要重温此书，记下其中的一些章节。

他每次都安慰自己，这本书是亚里士多德所著，这位穆斯林医生不过是归纳和翻译罢了，但一想到亚里士多德并不是基督徒，他心里难免一阵黯然。

让他备受鼓舞的是，西斯内罗斯这个历史上的传奇人物，多次造访辩论厅，自己此刻所在的这间屋子，可能他也进来过，说不定还小住过一段时间。

他想象主教是不苟言笑的，长着又长又尖的鹰钩鼻，在这间屋子里踱来踱去。他在想伟大的天主教枢机，他的灵魂是否还在此处，注视着这里的一切，想想就让人生畏，心中的热情也冷掉了一截。

"真的！若灵魂不朽的主教真的注视着这里的一举一动，那自己肩上的担子得多重啊！"

---

① 公元前5世纪的古希腊哲学家。

第四章　忏悔之行

格拉纳达的早晨，每一天都不一样。

橙红的朝霞洒满大街小巷，裹在橄榄和橙子树上，或深或浅。阳光是温暖的，色彩斑斓的蝴蝶，静悄悄地找着蔷薇的花蕊。

人家门前，溪水的潺潺配合麻雀的啁啾，宣布新一天的到来。

但这样的静谧抹不去昨日的喧闹，洗不掉劫难后的愁思。

一切发生得猝不及防。一伙年轻人手持刀棍，雄赳赳气昂昂地闯进阿尔拜辛市场的西门，逮着个人就往死里打，不管男女老少，造成的损伤不可估量。市场里的店家在一家药材店中搭建了临时的医疗站，一些伤者在里面接受治疗。

这伙闹事的人，统一身披黑袍，把头发包得严严实实。他们所有人都一手亮着手中的武器，另一只手高举焦木头做成的十字架。他们得逞后火速撤离，留下哭天喊地的叫声和伤者血流成河。

市场上没有一个人询问行凶者的身份，或是他们施暴的动机。一切都了然于心。对于当权者而言，当务之急是安抚遭袭的穆斯林群体，消除他们对于悲剧重演的恐惧，或是默许他们秘密海上迁徙。

发生的这一连串事，让塔拉博里很不省心，他跟西斯内罗斯在辩论厅召开紧急会议，共商对策，以免局面恶化。

会议室内，三名翻译和坦达利亚正在坐等两位主教的到来，他俩的椅子面对面摆着。这两位往往一同出场，以示彼此间平起平坐，谁都无须等谁。

哈利勒是此刻等在会议室的译员之一。他负责记录阿语版的会议纪要。数月前他刚刚把名字改成赛伯斯，这个名字虽是拉丁语，但它是从阿拉伯语中衍生而来，意思是"枭子"。

这个名字是塔拉博里主教赐给他的，当时主教语重心长地说，过去那些年你执迷不悟，现在就在教堂安安心心做名侍工吧。

赛伯斯随即关了自己在阿尔拜辛市场上的纸铺，这家店是祖祖辈辈传下来的，但在暴乱中难以幸免，惨遭打砸。接着便去教堂做起了侍工。他所做的一切都是为了保护妻儿周全，免遭欺凌。面对压迫，他别无他法，要么屈服，要么逃离。

他至今无法判断自己的决定是对是错，看着族人遭到迫害，自己却束手无措。更可悲的是，很多时候，他不得不做助纣为虐的事。

昨天在阿尔拜辛郊外发生的事情，让他怒火中烧，却不敢呐喊。他无法忘记妻子耶玛昏倒在地的那一幕。当时妻子得知兄长在暴动中遇难，泪眼婆娑，哭着求自己，想想办法让她回趟娘家，陪在家人身边，赶在兄长入土前再见他最后一面。但是赛伯斯无能为力，无计可施啊。

如今他是会议翻译中的一员，正坐在自己的位置上，用自己的母语记录会议，一门被明令禁止的语言，擅自使用一经发现，后果就是遭受严厉的惩罚。

哈利勒偷偷瞄了一眼坐在自己对面的阿德拉，一幅心事重重的样子。

大抵是为同一件事发愁。阿德拉也是顾及到家人的安危，放弃祖祖辈辈信仰的犹太教，改信了基督教。否则，他就得跟自己的三亲六眷一样，冒着生命危险漂洋过海。

他现在坐在这里，用自己的母语，一门同样被明令禁止、不得擅自使用的语言，来写压榨剥削的条令。

只有恩里克不用渡这场劫，他原本就信仰基督教，年轻时跟着西斯内罗斯主教修行，他是全场最有兴致听自己恩师说话的人，也是全场最开心的人。

恩里克人不坏，只是傻了些。他一门心思只想让自己的人生导师满意、舒坦。

三位翻译平日不会有太多的交流，但单看恩里克的面部表情，不难发现他对老师顶礼膜拜，言听计从。

坦达利亚时不时阐述自己的观点，因为两位主教有时会询问他的意见。但他谨小慎微，发言十分简短。然而众人还是看得出，他偏向于塔拉博里一派。

两位主教往往以一段摘要来开启辩论，他俩称之为"要情陈述"。一名主教负责向在场的翻译宣读摘要，另一位进行补充或纠正。这次的辩论会由西斯内罗斯主持，尽管之前一直是塔拉博里在张罗和筹备。

枢机主教西斯内罗斯在自己的位置上坐正，用圣棍敲了敲地，示意会议开始了。

他最终妥协了，愿意穿红色圣衣，一截长长的白色亚麻布搭在肩头，但是贴身穿的还是他那身粗布麻衣。他认为只有这种会擦伤皮肤的亚麻才能贴身穿。

众人皆知，西斯内罗斯向来粗衣粝食，若不是为了新官上任后的体面，他才不会听从大家的意见，改变自己的着装。

据说他铁石心肠，堪比战士。的确，他是位好战的修道士，以穷兵黩武为能事，觉得自己是为主而战。除此之外，他会亲自聆听教堂中的忏悔，分辨出哪些是叛教者的口是心非。

格拉纳达流传着一种说法，西斯内罗斯发明了"西班牙驴"，一种叫人闻风丧胆的刑具，叛教的人被剥光衣服，绑在棱角尖利的棱柱上，双脚被绑上重物，双手被固定住，受刑的人一点点坠下，慢慢被劈成两半。

西斯内罗斯觉得这并非完美的刑具，从不承认这个刑具出自他手。他认为叛教的人应该立即处以死刑，拖延只会让他体内的魔鬼有机可乘，钻入另一个人的体内。

这个好战的主教，今天似乎心情不太好。这使恩里克格外紧张，不停地数着面前用来写纪要的白纸。

西斯内罗斯主教向众人读道：

"奉主之名，一些虔诚的基督教信徒，手持刀棍，自发地对异教徒的集市发起了攻击，致五人丧命，多人受伤，此事让阿尔拜辛市场的商人大动肝火，今有消息称他们将予以反击，故召开此会，共商对策，以击溃来犯之敌。"

塔拉博里主教补充评论道：

"当然，若是主想要息事宁人，我们该顺从天意，平息受害者的怒火。"

恩里克停下手中的笔，想看看西斯内罗斯的回应，赛伯斯和阿德拉则头也不抬地继续笔下的翻译。

辩论算是从这里开始了，尽管只是"要情陈述"环节，二人的分歧已泾渭分明。西斯内罗斯主教回复道：

"我认为推行绥靖政策意义不大，按照双王批准的计划，我们最终要让所有的摩里斯科人改信基督教，否则就驱逐出境。推行绥靖政策显然是逆天而行，有违圣上的旨意，也是在浪费时间。敬爱的主教，您觉得呢？"

塔拉博里主教一脸平静，他娓娓而谈，字字珠玑，讲的道理跟西斯内罗斯主教一样，都称得上入木三分：

"是的，西斯内罗斯先生，我们不可违背天意，但至高无上的主让我们选择正途来完成'他'的意愿，每个摩里斯科人[①]最后的结局，要么回归主道，要么被主的火焚烧。但这不意味着我们有权纵火来惩罚他们。要知道一丁点火苗燃起来，火势可能会吞下众人……

"我只是想主动示好和求和。或许纵火以示主道，这么说有些夸大其词了。炼狱之火在天上不在人间。"

这番话在西斯内罗斯听来十分刺耳，他勃然大怒。

"尊贵的主教，这场火被不信教的摩里斯科人点着，已经在我们之间燃起来了。若我们不浇灭这跃跃欲试的火苗，由其发展下去，势必殃及那些虔诚的信徒。摩里斯科人总是想法设法

---

① 摩里斯科人是一支改宗基督教的西班牙穆斯林。

地蛊惑虔诚的基督徒，让他们放弃自己崇高的天主教信仰。他们中有人撒谎称自己已改邪归正，摒弃积重难返的伊斯兰教。但他们背地里还会使用那些古老的妖术。一些人时至今日依然不肯吃猪肉，拒喝耶稣圣血（红酒）。更为过分的是，他们很多人非但没有忘记阿拉伯语，反而偷偷在家讲。

"我们抓到了一名放弃摩西律法改信基督教的医生，他偷偷给人割包皮，给孩子做割礼。据我们在胡德利亚区布下的眼线来报，一些人还是在清晨做晨礼。塔拉博里主教你还记得吗，今年的忏悔节，我跟你提过我的疑虑，我注意到他们一些人嘴唇干裂，面有饥色，一看就是在把斋。你只要周五下午去一趟胡德利亚，一切都会了然于心。你会发现信基督教马龙派①的那些异端们，还是保持着自己原来的宗教习惯。你在此地走走，没有一户人家房里生火，他们在周六也是绝对不会工作的。

"主教啊，您明察秋毫，可知这样的火是该提防的，只有严惩不贷，才能永除后患。"

西斯内罗斯知道如何怂恿塔拉博里，他特意强调一些词，如"摩西律法""胡德利亚""晨礼"。他的这番话，感情充沛，意图十分明显，在座的译员们和坦达利亚都了然于心。

但是塔拉博里这回不吃这套，他据理力争，辩驳道：

"您是否还记得，双王攻下格拉纳达时，曾签订过一份条约，上面白纸黑字，写得清清楚楚，对持不同信仰的人承诺，不干涉他们的信仰自由，双王一言九鼎，我们的职责是执行这份

---

① 马龙派是基督教中一个产生比较早的教派，据说为叙利亚人马龙所创。

承诺，不能让双王失信于民。即使双王人在阿尔罕布拉宫，也应如在此。"

西斯内罗斯突然喜上眉梢，估摸着塔拉博里中了他设下的圈套，已无处可逃。从西斯内罗斯的眼中似乎能看出这圈套的铜墙铁壁，他说道：

"八年前，关于如何处置犹太教徒，双王在阿尔罕布拉宫颁布了一项法令，他们要么皈依纯正的基督教，要么离开这片受主庇佑的福地。但你可知，他们是怎么做的吗？他们口口声声称自己接受基督教的洗礼，背地里却按照摩西律法行事。更有甚者，蛊惑一心皈依基督教的人，让他们走入歧途，一起执迷不悟。除此之外，不少信仰穆罕默德教的异端分子，声称自己皈依基督教，其实只是撒谎罢了。"

哈利勒埋着头奋笔疾书，他心生不安，以为西斯内罗斯说完最后一句话时，意有所指地看向了自己，事实上只是他想多了。

西斯内罗斯主教继续补充道，他要让这陷阱固若金汤，来擒获塔拉博里已愁容密布的脑袋。

"再者，谁说我想要在此纵火，我想做的，无非是在他们出手前，予以反击，当着基督徒和异教徒，还有两位圣上的面，告诉众人，我们是强者，不怕任何人的打击报复。"

塔拉博里无奈地低下了头，之后又调整了一下自己碰歪的黑色天主教帽子，他答道：

"上回我们将那些杀害布拉斯卡警官的凶手绳之以法，这次为何不能跟上回一样，将那些在阿尔拜辛市场犯下弥天大罪的人，交至法庭，让他们受到应有的惩罚。这样可以平息穆斯林的怒火，也让人们相信正义尚在，无论在天在地。"

西斯内罗斯当机立断，立马做出回答，他似乎看到猎物已经上钩，无法脱身。

"主教，恐怕这并非正见，为了安抚那些叛教的人，让虔诚的基督徒不得安宁，照您说的这么做，那些基督教青年的家属，看到自己的孩子们接受惩罚时，必会愤怒不已，而这正好是那些异教徒喜闻乐见的。

"我能问您一个问题吗，谁才是我们最亲近的人，我们在守护谁的幸福……那些异教徒吗，还是有着崇高信仰的亲人们？"

在三位翻译，坦达利亚甚至是在西斯内罗斯自己看来，辩论到此已经结束了，塔拉博里已经屈服于西斯内罗斯的长篇大论，所以他简明扼要地问道：

"那么您的建议是？"

"我们要举行一场声势浩大的示威游行，来讨伐异教徒，以示教堂的强盛和权威，告诉摩里斯卡人不管他们曾经做过或将要做什么，我们都会捍卫主道。不管他们对阿尔拜辛一案如何火冒三丈，愤愤不平，我们都不会退缩和屈服。

"我要把格拉纳达的人都召集到教堂来，让他们亲眼看看，那些叛教的人，那些谎称自己改邪归正，却仍不知悔改的人，下场如何？"

到了游行的那天，正午一过，人们就拥向了教堂对面的复仇广场，大家听说游行队伍待会儿要经过这里，连广场四周的土路上也是人头攒动。

男女老少，少长咸集，人们三三两两聚成一堆。一些人带着食物来解闷，一些人在地上坐成一圈，玩着"石头棍子"的游戏。一些人则举石头来比力气。

格拉纳达万人空巷，只有阿尔拜辛郊外的人，教堂三番两次挑唆他们参加游行，甚至是威胁，他们都无动于衷。他们怎么可能参加呢，空气中还残留着市场大屠杀后的血腥味。

哈利勒站在教堂的高处，旁边是座古钟，他往下看去，日落时分，夕阳在天边滴血，将行人染成了血红一片。

古钟长出了青苔，散发出的霉味裹挟进每一阵风里，闻起来像鲜血，又像铁锈的味道。

"活着真遭罪"。哈利勒觉得自己被两种截然不同的生活割裂，痛苦不堪。他有一个穆斯林的家庭，目睹亲故家破人亡，哭泣不已，而在教堂他却得为那些罪魁祸首们效劳卖命。

他夜不能寐，一直在祷告，祈求真主把他和家人从这苦难中解脱出来。但到了白天，又得马不停蹄地继续做助纣为虐的事，加深这世道的不公。主没有听见任何祷告，就像阿德莱私下说的那样：

"黑云压城，遮天蔽日，任何祷告都传不到真主那里。"

鼓声阵阵，拉回了哈利勒飘远的思绪。他急忙下楼，生怕教堂的人发现他缺席了这场盛会。

敲着两面木鼓。队伍中央是已经悔过的异教徒，头上戴着顶长长的锥形帽。在队伍最前面的是一众牧师，他们黑袍加身，高举圣棍，簇拥锥形帽，身上裹着绘有十字架的黄布。

他们是摩里斯卡人，之前自称改邪归正，抛弃了不端的伊斯兰信仰。但随后教堂巡查官发现，他们仍保持着异教徒的陋习，比如宰杀牲口时会念清真言，在家偷偷庆祝圣纪节[①]，甚至周五都拒绝出门去市场。

他们再次承认自己的罪行，决定痛改前非，对于教堂大大小小的指示，都会谨遵执行。

走在队尾的是数十名不知悔改的异教徒，他们不但没改掉陈俗陋习，还坚持自己旧的信仰，夜里在家礼拜，伊斯兰教斋月里把斋，一些人拒绝回归耶稣指明的正道。这些人就该绳之以法，交给当地法院，绑在肢刑架[②]上，严刑拷打，处以极刑。

这些不肯悔过的叛教者，身穿黑色囚衣，衣服上画着恶魔和嘴里喷火的龙首。他们被绳索绑在一起，除了边上一圈需要辨认方向带路的人，其他人都被蒙上了眼睛。

这些人被衣服遮得严严实实，头发都包进去了，眼睛又被绷带蒙住，再加上黄昏时分，大家视线不佳，很难辨认出袍子下的人到底是谁。但根据囚者的高矮胖瘦，不难发现这些人中有不少妇孺。

游行的队伍到广场后，按照牧师事先在地上画好的队形，各自站定。看客们也推推搡搡，走进广场，等着看出好戏。

一位名叫利直录的牧师，在众目睽睽之下登场，用洪亮的声音宣读了忏悔书，西斯内罗斯和塔拉博里两位主教在一群显贵的陪同下，站在教堂东边的阳台，观察着广场中的一举一动：

[①] 即伊斯兰教先知穆罕默德诞辰纪日，该日，穆斯林会到清真寺沐浴、更衣、礼拜，听阿訇念经，讲述穆罕默德的历史和复兴伊斯兰教的功绩。

[②] 肢刑架是一种十分恐怖的刑具，拉扯人体直至四分五裂。

天主明察秋毫，无所不知。

他奖罚分明，

会原谅失足的叛教者，

再次为他们指点迷津。

你们要做他忠良、顺从的信仰者，

莫要阳奉阴违，有所欺瞒。

你们要告诉子孙后代，正途会向每一位虔诚的基督徒敞开。

而那些不肯悔过的异教徒，会受到主的诅咒。

无论吃喝，

熟睡或是清醒，

行抑或止，

恶魔都在其右。

他们将会一事无成，死于非命。

所有之物，供他人享用。

孤子寡妇，寒心酸鼻。

流离失所，在劫难逃，无人能救。

罪不容赦，直至归真。

利直录一宣读完忏悔书，便听到教堂的铜锣一声脆响，西斯内罗斯要开始讲话了。

"天主见证了伟大的一天。此次集会还有件振奋人心之事值得庆祝：

格拉纳达八十名穆斯林和犹太人幡然醒悟，找到正途，走上了十字架之路。促膝谈心后，他们愿意做忠诚的基督徒，现在他们要接受圣水的洗礼。"

塔拉博里惊讶不已，之前他并未听说此事，但西斯内罗斯看向他，笑得自信满满。接着走出教堂，俯身低头，朝众人洒下圣水。

人群中爆发了一阵热烈的喝彩声，教堂的牧师和侍者们也对此交口称誉。

第五章　文化浩劫

坦达利亚没想到有天自己成了富甲一方的大地主，坐拥的土地沿着内华达山脉①，从阿尔罕布拉宫到哈达拉河尽头的那座桥。这份来自双王的奖赏，大到超乎想象。

坦达利亚本就出生在财力雄厚的地主之家，而这些新的封地，让他一举成为安达卢西亚最富有的公爵。

此刻他骑着一匹黑马，在绿色的草原上纵目远眺，槲梓和橄榄长得出奇的快，看来他得雇用一批新的农民来收割庄稼了。

每想到世事无常，他总是嗟吁不已。多少次死里逃生后，他成了整个格拉纳达无人能及的权贵。

要是数数他死里逃生过多少回，八根手指怕是掰不过来。还得加上左手断掉的两根，这两根手指是在多年前的鏖战中失去的。因为坦达利亚攥在手心的榴弹突然爆炸。但之后没过多久，格拉纳达就被攻破了。

坦达利亚是位出类拔萃、非同小可的战士，有支精良的武

---

① 内华达山脉，位于西班牙东南部，安达卢西亚自治区境内。

装部队。他招募了许多农民和工人，亲自上阵教他们战术，后铤而走险，率军出城，投奔当时正在围攻格拉纳达的双王。

伊莎贝拉女王对他当年的归顺感激不尽，女王觉得能攻下城，他功不可没。事过多年后，女王还总是跟身边的人提起当年他出城相救，雪中送炭的事。

马儿跑得慢下来了，公爵温柔地拍了几下马脖子。

起初归顺双王，是念在他俩心怀大义，如今初心未改，但这里发生的一切却不尽如人意。

现在最让他担心的两件事，一件是西斯内罗斯和塔拉博里两大主教的分歧已经慢慢浮出了水面。他们每次会面，都剑拔弩张，教堂的安宁险些毁于一旦。

另一件是他至今还没找到时机，提醒两位主教，山里早已暗流涌动。

那些不满教堂决议的穆斯林成批逃到内华达山，现在城里流言四起，个个人心惶惶。

人们都说那些出逃的人，啸聚山林，招兵买马。准备攻打河南岸的城堡。

坦达利亚在想，双王接二连三下令，要将城市全盘基督化，这是不是动乱的导火索。或者说，这座城早已危机四伏。

但不管怎么说，他都得奉命行事，不得有半点犹豫或欺瞒。

他不仅要对双王唯命是从，辩论厅下达的指示，只要获得了双王的首肯，他都要不遗余力地去执行。

他此刻正要去城门，看看那里事态的发展情况。

最近这次的游行示威声势浩大，尽管塔拉博里使出浑身解数，想让西斯内罗斯主教放弃当初的主张，但他还是一意孤行。

坦达利亚记起那次塔拉博里被气得脸色发紫的事，当时西斯内罗斯讲话结束时说："务必要焚烧全城所有能找到的阿拉伯书籍，不得共享和私藏禁书，违者严惩不贷，甚者受割舌之刑。"

塔拉博里提出异议："其中一些书只涉及学术，作者也赫赫有名，他们渊博的学识必将惠及子孙后代。"西斯内罗斯听后勃然大怒，反驳他，要说用焚书来拨乱反正，那些阿拉伯人、穆斯林才是始作俑者。只要他们认定这些书会威胁到他们的宗教，哪怕是传世佳作，他们烧起来也一点都不心软。

西斯内罗斯列举道：穆斯林他们自己烧了伊本·哈兹姆·扎赫里①的书，优素福·伊本·塔舒芬②烧了安萨里③的书，曼苏尔苏丹④烧伊本·路世德⑤大作时眼皮眨都没眨。

---

① 伊本·哈兹姆（994—1064），安达卢西亚伊斯兰教哲学家、教义学家、教法学家。
② 优素福·伊本·塔舒芬（1009—1106），柏柏尔人，北非穆拉比特王朝的创建者。
③ 安萨里（1058—1111），波斯裔伊斯兰神学家、法理学家、哲学家、宇宙学家、心理学家和神秘主义者，是逊尼派伊斯兰思想史上的重要人物。
④ 曼苏尔（714—775），伊斯兰教第二十代哈里发，阿拔斯王朝第二代哈里发。
⑤ 伊本·路世德（1126—1198），是著名的安达卢斯哲学家和博学家，研究古希腊哲学、伊斯兰哲学、伊斯兰教法学、医学、心理学、政治学、音乐、地理、数学、天文和物理学。

西斯内罗斯补充道:"他们烧自己的书是一错再错,我们现在焚书难道不是要迷途知返!"

坦达利亚不知不觉来到了一棵茂密的桃树下,顺便在树荫下歇了歇脚,之后抓住马缰绳,一跃上了马背,放眼望去,路两边的农田延绵不绝。

要收割这么大一片地,他现在的人手的确不够。从东头到西头的田地,要匹壮马割半个钟头才行。这一茬的庄稼,再不打理,怕要枯萎了。

许多经验老到的农民,都从海上逃到了对岸,剩下的人手一半的田地都忙不过来。

他很怕人员流失,管理留下的这些人时,经常睁只眼,闭只眼。比如发现他们正午或晡午做礼拜,也能做到视若无睹。如今更迁就他们了,周五会放一整天的假。他也是不得已而为之,在海上迁徙的浪潮中,每死去一名劳工,就意味着,有二十棵橄榄树将要枯死。

让他更加忧心的是,农忙时节,他要忙得不可开交。前几天,一直为焚书做准备,先是奉命组织了几次搜查,将手下的兵分成六拨,跟着教堂派来的人,挨个纸铺搜查。随后接到西斯内罗斯的命令,要挨家挨户地搜查,连厨房的柴火堆,草棚里的箱子都得翻个遍,不能落下任何一本阿语书。

这项工作不仅耗时,还难免跟店家和住户发生口角。必要时,得请来城外的援军,以确保发生冲突时自己人有胜算。

但不管怎么说,这项工作快收尾了。他手下的兵已经把书搬到了广场,准备下午焚烧。

本该主持焚书事宜的西斯内罗斯主教,昨日却秘密出城,具体为了何事,无人得知,就连塔拉博里主教也被蒙在鼓里。关于他这次私人出访,众说纷纭,有人猜测他去塞维利亚①面圣了。

坦达利亚不禁暗中期待,或许焚书之事有了转机,希望双王能意识到天下已经风云激荡,也不枉他整日为此忧心忡忡。

他骑上马继续赶路,忽然身后飘来一声呼唤,原来是阿德莱,他朝自己跑来,累得气喘吁吁:

"先生,您一离开城堡,我就追着您跑呀!"

"阿德莱,出什么事了,快告诉我你怎么了?"

"没啥要紧的事,先生,我听说您在找打理农田的人,您人好心善,要不把我收了吧,让我去您的田里干活。"

坦达利亚脸上露出一丝惊讶。

"阿德莱,我这可是粗活,只要身强力壮就行,你一个舞文弄墨的书生,怎么会愿意把一肚子的墨水浪费在这上?"

"求您了,先生,自从我的母语被禁止使用后,家中文房四宝毫无用处,只有辩论厅,我才用得着笔墨,但我在那当差,连粒橄榄都领不到。家中老小都饥肠辘辘,我再不想想办法,这日子就没法过了。"

坦达利亚跃上马背后说:"我们肯定能找到解决的办法,现在你先跟我来城门,那里有很多活可以先干着,足以解决你和家里人今天的口粮。"

阿德莱跟在公爵的马后面跑,双腿累得不行。

能赚到今天的口粮,阿德莱感到一阵释然,但想到公爵模

---

① 今为西班牙第四大城市,也是西班牙安达卢西亚自治区和塞维利亚省的首府。

棱两可的答复，他心里还是堵得慌，毕竟家中老父久病不起，母亲整日郁郁寡欢，母亲的兄弟姐妹、街坊邻居都被赶出了城。诸多变故让家变成了灵堂，任何吊唁都治愈不了弥漫其中的忧伤。

其实阿德莱也可以选择出逃，但这无异于亲手结果了双亲的命，年迈的老两口如何应付得了自己走后的日子！

他百般无奈，只好对塔拉博里主教说自己愿意皈依基督教，听从主教的安排在教堂做名侍者。当时主教鼓励自己："你在教堂做事，必定前程似锦，更何况你是个洁身自好的单身汉，灵修必定会突飞猛进。"但后来才知，事实并非如此！

事情越来越糟了，他成为修道士以后，不仅没有得以重用，还受到身边牧师的怀疑，他们一逮到机会就造谣生事，说自己并非真心皈依基督教。

事实上，并非只有阿德莱受此煎熬，饱受非议。西斯内罗斯主教让神职人员时刻提防这些"半路出家"的基督徒。

每次塔拉博里主教想起阿德莱，都会接济他一些口粮衣物。除此之外，阿德莱没有其他东西可以拿来养家糊口，最后才会决定去坦达利亚公爵那干活，如今自己得到了一个意味不明的答复，真是愁上加愁。

在广场，高高的书堆像绵延起伏的山丘，四周有士兵严防把守着。一些爱看热闹的路人，驻足观望，却不敢向前靠近。

坦达利亚骑在马上，绕着广场转了好几圈。他在猜想焚书时的火势大小，如何能防止其蔓延，以绝后患。

只有饱经沙场的战士，才会想着如何防患于未然。他看到在远处束手旁观的劳工们，便唤他们前来听命，让他们在书堆四周挖掘壕沟，宽要有两尺，深得一尺。再用书纸、麦秸和枯枝填满壕沟。

坦达利亚会心一笑，他突然想起曾经为小储君设下过类似的埋伏。

区别就是，当初的敌人是群有血有肉的将士，今天是纸做成的书。

生生相克，火能被火熄灭，这是漫长岁月教会他的道理，每次在出生入死的战场上都屡试不爽。

阿德莱跟着自己主子的马，随后也到了广场。他主动请缨，跟劳工们一起挖壕沟，拼尽全力，向公爵展示自己结实有力的双臂。

在文献室开会的学者们，此刻正讨论得热火朝天。三种语言的会议记录有不少出入，必须一一记下来，不能有半点疏漏。

在阿德莱的译文中，西斯内罗斯主教一句十分关键的话被译为：

"如果《新约》中有蛊惑信众的内容，我们也会将它烧掉！"

马特奥听后十分恼火，他要求艾琳娜再仔细分析这句话，明明恩里克的版本中被译为：

"倘若《新约》中有蛊惑信众的内容，上帝会命令我们将其烧毁。"

"上帝"一词为何凭空消失了呢？

艾琳娜用希伯来语读了一遍这个句子，说得字正腔圆，确认阿德莱的译文中没有出现"上帝"一词。

马特奥听后拍案而起，声情并茂地说道：

"枢机主教绝不会说这种叛教的话。人在生气时或许会说些无心之话，但主教他是睿智、沉着冷静的，又怎么会在这种会议上失去方寸呢，我认为恩里克的译文，才是准确无误的。"

巴西里奥发言前示意他先坐下来：

"马特奥博士，我们要做的不是主观臆断，如果译文间有分歧，我们指出后记录在案即可，你能解释这分歧的由来，实属难能可贵。"

巴西里奥说完看向扎克里亚，问他：

"扎克里亚博士，阿语版的译文是怎么说的？"

扎克里亚斟酌再三，回道："阿文中是这样记录的：倘若《新约》中有蛊惑良民的内容，我们也会烧了它。"

马特奥听后大失所望，他不停地翻动手中的指导手册，来掩饰内心的忐忑。

这个小册子上列有工作细则，每次开展调研时，四位学者都会带在身边。巴西里奥是开明的，大家若对工作细则提出建议，他向来从谏如流。但他不希望这成为每次开会的惯例，他想让会议顺利进行，尽量不要去讨论这些原则性的东西。

艾琳娜说道：

"我跟扎克里亚发现了另一处不同，在阿德莱的希伯来译本中，塔拉博里主教说：焚书是无知的行为，是对知识的糟蹋。"

说完艾琳娜看向扎克里亚，后者补充道：

"在哈利勒的阿文译本中，这句话是这么表述的：焚书是施动者的无知以及对被动者的愚化。"

巴西里奥没有发现这两句话有什么本质区别，但还是记录下来了。

当讨论到哈利勒阿文译本中西斯内罗斯主教一句充满厌恶的话，气氛变得剑拔弩张：

"总有一天，我们要把肮脏的摩尔人也扔进这样的焚炉里。他们的故事就到此为止了。"

这句话让艾琳娜心惊胆战，她脸色煞白，头痛欲裂。趴在桌子上，双手掩面，扎克里亚扶她坐直后，大家发现，只是一瞬间，她已是泪流满面。

大家隐约知道她为什么情绪失控，扎克里亚能体会到那句话给她造成的重创，他伸出胳膊，抱住她的肩头，想着这样多多少少是种安慰。

巴西里奥问艾琳娜：

"要不我们先休息一会儿？"

她摆摆手说不用，重新调整好情绪。

巴西里奥继而问马特奥：

"这句话在恩扎克的译文中，是怎么表述的？"

马特奥再三确认，这版译文中，并没有"总有一天"这四个字。他柔声细语地读了遍这个句子：

"但愿我们能把肮脏的摩尔人也扔进焚炉，让他们的故事到此为止。"

巴西里奥总是提醒调研组的每一位成员，要跟文献保持安全的距离，既是为了信息的准确，也为了自己内心的健康，他深知文献中有多少苦大仇深。

艾琳娜此刻的情绪失控，是有原因的。巴西里奥不必过于惊慌。他要做的只是尽快结束这次座谈，眼看没啥可能重新讨论"焚炉"这个词的了。

但马特奥和扎克里亚发现了另一处分歧，需要进行一番讨论。

在阿文译本中，塔拉博里指责西斯内罗斯突然要远行的决定：

"尊敬的主教，你焚书之日不在场，是要我一个人灭这场火啊！"

但马特奥指出，在拉丁语版本中，因为一个词的不同，意思相去千里，毫无指责的意味，塔拉博里如是说：

"尊敬的主教，你焚书之日不在场，是要我一个人观这场火啊！"

第六章　拍卖少女

这个下午，除了扎克里亚，其余三位专家都聚在大厅，收看电视上的八点钟新闻联播，他们个个都眉头紧锁，脸色凝重。

要是扎克里亚知道"荷赖24"电台今天报道的内容，他一定会答应来大厅的。

世上最利的剑是能滋生出仇恨的画面。

二十一名男子身着橙色的衣服，像是囚衣，他们缓缓出现在镜头前，每位身边都站了位个子更高的男子，用黑布蒙面，背朝大海，以海入画让压抑的色调中多了些"美感"。

蒙面人俯身凑近人质的脖子，在这千钧一发的时刻，马特奥咒骂了一声，巴西里奥和艾琳娜鄙夷地看向他。

马特奥对投来的目光视而不见，扯着嗓子喊：

"扎克里亚，扎克里亚！"

他意识到，此刻的呼唤有些遥不可及，赶忙跑到外面，朝楼上大喊：

"快下来，扎克里亚！来看看你们的同胞对基督徒都做了些什么!"

扎克里亚走进来时,气氛陡然紧张了起来。他要弄明白马特奥到底是何居心!

巴西里奥让他先冷静下来,看看电视上的报道。记者讲的是西班牙语,语速非常快,但这则新闻被一遍遍地回放着。

扎克里亚焦急地问:

"出什么事了?"

巴西里奥回道:

"你之前听过一个自称'伊斯兰国'的组织吗?"

"听过,出什么事了?"

巴西里奥再次忽视了扎的问题,自顾自地往下说:

"这个组织沿着地中海,在利比亚的北部为非作歹。"

扎克里亚的耐心被耗光了,他转过头看向艾琳娜:

"我说到底是怎么了?你们有人能回答我吗?"

艾琳娜竭力保持冷静,但脸上还是写满了惊恐,变得蜡黄,她说:

"又一帮伊斯兰团伙,他们自称伊斯兰国,在刚刚巴西里奥博士提到的地方,屠杀了二十一名埃及的科普特[①]工作人员。"

扎克里亚顿时怒火中烧,气势汹汹地说道:

"我觉得'又一帮'这个词用在这里很不妥,艾琳娜博士,请就事论事,不要添油加醋。"

"我并不是有意激怒你。"艾琳娜语气中充满怒意:

[①] 埃及的土著基督教居民。

"不过是新的叫法罢了,跟基地组织[①]、哈马斯[②]、吉哈德[③]没啥分别。当然,要罗列这些组织的名字我可以说到天亮。"

"话是没错,但这跟哈加纳[④]、阿尔贡[⑤]、帕尔玛赫[⑥]、圣主抵抗军[⑦]、东方闪电、菲尼亚斯[⑧]这些组织也是一丘之貉。罗列起这些组织的名字我也能说一宿。"

这件事是点火的导火索,马特奥刚刚对此还愤愤不平。如今看到烈火燃了起来,竟有些欣欣然,争分夺秒地往火上加柴。他说道:

"去死吧,这些杀人犯,不要以为十字架的光明是刀剑可以挡住的。他们这么做只会让自己和族人惹火上身。这场犯罪不会不了了之的。全世界虔诚的基督徒都会起来反抗的。"

这个时候,就该巴西里奥出面了,他这个擅长"灭火"的人

---

① 一国际军事组织。主要活动于中亚、中东地区,被联合国安全理事会列为世界恐怖组织之一。
② 哈马斯是"伊斯兰抵抗运动"的缩写,是成立于1987年的一个巴勒斯坦伊斯兰教逊尼派组织,是一个集宗教性、政治性为一体的组织,拥有自己的武装力量,被多国确认为恐怖组织。
③ 是巴勒斯坦的一个政治派别,20世纪80年代后期由穆斯林兄弟会中的激进派发展起来,其宗旨是通过圣战结束以色列对巴勒斯坦领土的占领。目标是解放巴勒斯坦,建立独立的巴勒斯坦国。
④ 是英属巴勒斯坦托管地时期的一个犹太人准军事组织,起源于动荡的奥斯曼帝国分裂时期,在20世纪初的巴以冲突中逐渐发展,后来成为今日以色列国防军的核心。
⑤ 犹太复国主义组织,以自由为噱头,实施恐怖活动。
⑥ 成立于1941年5月15日。在以色列独立战争爆发之后,它由三个战斗旅和辅助空中、海军和情报部队的2000多名男女组成。以色列军队的建立后随即被解散。
⑦ 圣主抵抗军成立于1987年,是一支活动于乌干达北部以及南苏丹部分地区的游击叛军。
⑧ 美国的恐怖组织。

现在已经全副武装：

"朋友们，都冷静点，我们此刻看到的，究其根本，与宗教并无瓜葛。这是长期受压抑的东方多年后的一次喘息，属于政治行为。宗教不过是个幌子，是流脓的疮，并不是病灶。"

巴西里奥刚一说完，艾琳娜就反驳道：

"我跟您观点相反。三年前，众人皆知的'阿拉伯之春'开始慢慢转变成没完没了的兵戎相见。宗教是黑洞，吞噬了整个春天。若非僵化的宗教思想乘虚而入，说不定来的是场真正的暖春，而非只是读起来像寒冬的一个称谓。"

马特奥突然起身关上大厅的门，这是他的习惯。每次打算舌战群儒时，他都喜欢把所处的空间弄得狭小些，似乎要把异己之见逼向一隅，再斩草除根。他说道：

"艾琳娜女士，一概而论是不对的。不是所有的宗教，只有某些特定的宗教传达出的思想，让'春天'流产了。你难道不记得几年前，玫瑰革命[①]是如何在格鲁吉亚取得的胜利？橙色革命[②]又是如何在乌克兰取得了胜利？两者都能证明革命可以不流血，可以以文明的方式进行。穆斯林的革命却被僵化的宗教思想左右，想想看伊朗的伊斯兰革命给我们留下了什么！好端端的国家三十年里变成了恶魔和全世界的梦魇。"

无须多言，他显然已在这场舌战中胜出。马特奥不由地把

---

① 玫瑰革命，是 2003 年 11 月在格鲁吉亚发生的反对当权政府的一系列示威活动，其领导人每次公开露面都手拿一枝玫瑰花，因此被称为玫瑰革命。

② 橙色革命，是指 2004 年乌克兰总统大选期间发生的一系列抗议和政治事件，起因是因为选举时存在严重贪污、诱导选民和舞弊等现象。这场运动使用橙色作为抗议的颜色，所以称为橙色革命。

身体倒向椅背，犹豫着先看向哪张脸，又会有什么样的表情。

大厅里电视机的声音突然变得清晰，让扎克里亚心里更加紧张。他在众目睽睽下，走向电视机，歇斯底里地按灭。他说：

"我不是来为自己辩护的。你们的任何说辞都不能让我为之所动。我只想说，马特奥，人的记忆不该像鱼那样短暂。回想一下，这几日我们整理过的文献和接下来即将整理的。"

他嘴里蹦出了一些看似并无关联的词语，像把种子，他想要它们飞快地生根发芽：

"锥形帽、不信教的刺、粗布麻衣、鳄鱼剪、西班牙驴、忏悔的队伍、阿拜辛市场屠杀，要再往下列举，我可以说到天明！"

马特奥对这一反击很不爽，他想撕碎这个"踢来的球"。用力扔出自己的球场：

"你们可知，去年夏天，这群人在伊拉克北部干了什么，他们掳走了基督教的妇女，杀光了她们的丈夫，建了个奴隶市场，贩卖这些女人。你们应该看到伊拉克女议员在讲到这件惨绝人寰的事情时泣不成声的样子。当时多家西班牙电台都报道了这件事！"

格拉纳达的这个中午很不寻常。烈日灼灼，酷热难消。像是苍天要拿火狱来考验人间。不仅如此，空气中还弥漫着一股腐臭味儿，让人感到莫名的烦躁。

农民大多被困在家中，不敢出门耕地，他们在等阴云蔽日，太阳不再盛气凌人俯视众生时再劳作。店家们用菩提叶泡好了水，走出店铺，撒在巷子里，希望能除掉一些奇怪的味道。

如此烦闷的天气，正酝酿着一件大事。人们议论纷纷：大殿旁的山脚下，教堂正在筹备某件事，据说有一大群年龄不一的女孩子，被带到了那里。大家纷纷猜测其中的缘由：

"她们要被送到塞维利亚，在女王的宫中做侍女。"

"眼看王公贵族的田园将荒芜，正需人来耕作，这些女孩们要被分配到他们那劳作。"

"这是新一轮的忏悔游行，专为这些女孩子组织的，她们要去教堂做侍者了。"

一时间众说纷纭，无所事事的男人和好奇心重的女人，纷纷朝山脚走去，想探个究竟。

哪里来的少女？她们到底是些什么人呢？

有眼尖的妇人认出了其中的一些面孔，用手指着她们，嘴里念叨着这些人的名字。

但这些女孩中，也有些面生得很，光看穿衣打扮，就不像是格拉纳达人。

没人料到，他们好奇的答案，其实早已藏在了辩论厅。

几天前，一个明媚的夏日，坐在辩论厅里的塔拉博里，脸上阴云密布，西斯内罗斯主教正在做工作汇报，他说道：

"这里的女孩越来越多，教堂已容不下了。那些出身自叛教和不信教家庭的少女，和那些曾被教堂收留的女孩，注定都得离开。

尊敬的主教，你也知道，教堂已经收留了太多非基督教的姑娘，她们中有穆斯林，也有犹太人，或是自愿接受了洗礼，或是她们的亲人远走他乡前，心甘情愿地把她们托付给了教堂，算是对上苍的感恩。

如今已有二百名少女在教堂工作,前天托莱多[①]传来消息,又要将一百名少女赠给教堂,作为对主教的奖赏。

你可知,我差点就回绝了这份厚礼。但又想到如今劳动力短缺,基督徒的农田将荒芜,他们生活窘迫,便心生一计,今天刚好拿来跟大家讨论一下!"

目前在教堂工作的少女人数着实过于庞大。格拉纳达无人不知,教堂坐拥的地产是何等风光,因为她们,大大小小的教堂都被收拾得井井有条,连牧师家的后花园都被打理得生机盎然。

贵族们难免心生不满,尤其是他们现在举步维艰,日益严重的人口流失造成的劳动力缺口,必须得找到新的人手补上。

西斯内罗斯已经察觉到他们心中的怨气,看来势必要有所行动了。

他顺势提出了自己的新倡议:

"我们可以组建一个市场来拍卖这些少女,人们要是需要花园里的采摘工、花匠,或是家里的仆人,都可以来买,算作各自田产的一部分。

这样做,我们打破了劳动力流失造成的僵局,同时教堂也会有笔可观的收入来改变旧貌。不知塔拉博里主教您意下如何?"

这是坦达利亚第一次觉得西斯内罗斯的主张在理,当听到主教的建议时,便忍俊不禁。

教堂作为主事者,必须想法子让贵族们走出困境。

---

① 托莱多(Toledo),西班牙古城,位于马德里以南70公里处。

尽管这一提议并不能从根本上解决问题，但这让王公贵族们看到了有可能再议此事的一线曙光，因为教堂的主事者已经意识到了问题的严重性。

塔拉博里沉默良久后，只说了一句话：

"使徒保罗在《加拉太书》[①]中说道：无论犹太人还是希腊人，是奴隶还是主人，是男是女，你们都因信基督耶稣而合一。"

只有西斯内罗斯明白塔拉博里是有的放矢，三位译者和坦达利亚都一副不知所云的样子。

西斯内罗斯一本正经地回答道：

"《彼得前书》[②]中写道：'你们作仆人的，凡事要存敬畏的心顺服主人；不但顺服那善良温和的，就是那乖僻的也要顺服。'"

主教继而补充道：

"我仁慈的主教，别忘了，这些少女本就不是土生土长的基督徒。我们要做的是净化她们流淌着叛教因子的血液，才能讲那句'我们因信仰基督耶稣而合一。'"

塔拉博里捍卫自己的信仰就像一个母亲呵护怀中待哺的婴儿，一样柔情万分："《约翰福音》中使徒约翰说过：'以后我不再称你们为仆人，因仆人不知道主人所做的事；我乃称你们为朋友，因我已将自己从我父那儿听到的，统统告诉了你们。'

"这些少女在接受洗礼时，已经听从了主的教诲，我们就

[①] 《加拉太书》，是新约圣经全书中的第9卷书。为使徒保罗写给加拉太早期基督徒社群的一封信。

[②] 《彼得前书》是《新约》中的第21卷书，是耶稣十二使徒中的彼得（原名西门）写给当时在小亚细亚几个教会的信。

不该再追究她们的出身,只要知道她们心地善良、灵魂干净就够了。"

西斯内罗斯哑然失笑,三名译者也跟着笑了,虽然他们正讨论一个严肃的话题。就连阿德莱为了随大流,也勉为其难地冲大家笑了笑,寻思着主教该如何反驳。西斯内罗斯回道:

"当我们宣称灵魂纯净时,我们是在取笑上帝,还是在暗讽自己?

"人心叵测,除了圣灵,无人能知。你要如何判断,不信教的人突然洗心革面,走上了耶稣指明的正道。上天自会定夺世事,无须你来替天行道,勿让你那泛滥的同情心成了叛教的帮凶。"

正午的太阳还很灼人,但要举行拍卖的小山丘上已人满为患。本打算去田里耕作的农民,得知拍卖之事后,匆匆赶了过来。市场门可罗雀,无人光顾,店家们也纷纷关了商铺,大步流星地赶往拍卖会场。

为了大家更方便地出入卖场,根据这些少女的年龄和样貌,她们被分成了不同的组别,年纪尚小的,或风华正茂的,又或青春不再的。有处角落专门拍卖体格强壮、棕色皮肤的女孩,她们适合在田里做体力活。还有一处专门拍卖那些看起来弱不禁风的女孩,她们只能在家里做婢女。

在长约一尺的高台上,站着一群貌美的女子,她们身姿婀娜、花容月貌,迷倒众生一片。大家都清楚她们的"用途",能给买主提供什么样的服务。

在卖场上,随处可见手举长枪的卫兵,他们骑着马,四处巡逻,维护治安。

城里的王公贵族，地主甫富都来了，有的还带上了家眷，她们个个打扮得花枝招展，来挑选新的女仆。

却看那被拍卖的少女，个个脸上梨花带雨。买家要求验货时，她们被迫露出双腿，摘下胸罩，无声地哭泣着。当那些买家以验货为由，摸向女子的肩头、大腿，甚至是脖颈时，青涩的她们受不了这惊吓，呜咽声此起彼伏。

这种卖场会有多么不堪入目，教堂的牧师和神父都心知肚明。所以他们没人出席，全权委托公爵和他手下的兵来主持大局，并派了些人来统计销量，他们穿梭在卖场间，记录下成交的买卖，再向教堂汇报。

从清晨开始，整座城市弥漫着一股腐臭味儿，经久不散，让人不堪忍受。贵族们不得不在交易完成后，匆匆离开，腾出地给那些地主乡绅和工匠们。

这边有个木匠称自己需要一位女工给木活上漆，那儿有个磨珠匠说店里需要两名女工照看，还有那些裁缝、编草席的和陶瓷匠们口中五花八门的理由。但其实大多数人醉翁之意不在酒，只是游手好闲的人凑在一起找乐子罢了。

夕阳西下时，被拍卖的两百名少女中，有一百二十名被买走了。拍卖仍然如火如荼地进行着，快要供不应求了。

拍卖会是否再延长一两日，坦达利亚可自行决定，无须请示教堂。

整个格拉纳达无人不知，少女拍卖市场明天会继续开放。到了第二天，会场人山人海，水泄不通。不仅是格拉纳达大街小巷的居民蜂拥而至，也有邻市的男爵慕名而来。

昨天让人闻之欲呕的腐臭味，坦达利亚也想到了解决的办法。

他命令士兵收集了几大捆晒干的迷迭香，在卖场上铺开。天一亮就吩咐他们点着，最后只留下烧干的灰烬。

这虽然使卖场变得烟雾缭绕，却在空气中留下了香气，盖住了原来的那股恶臭，还让闻多的人有种醉酒后的飘飘然。

坦达利亚心满意足地站在卖场大门处，欣赏着写在商贾显贵脸上的喜悦，他们进来时只是面带微笑，离开时却笑得前仰后合，后面跟着仆人和刚从市场买到的少女。

就连护卫兵，也不像昨日那般如临大敌，万分警觉。有的趁乱混进人群里，盯着看高台上的少女如何被验收，一饱眼福。

一直到午时，会场的气氛还是热闹非凡。

士兵们正在交接工作，他们把手中的兵器交给接下来站岗执勤的兵。突然一群蒙面人骑着马杀了过来，门卫们招架不住，死伤一片，眨眼间他们就冲进了卖场。

会场嘈杂，你推我搡，加上烟雾缭绕，众人很难知道到底发生了什么。

王公贵族吓得大喊大叫，走失的马匹阵阵嘶鸣。一些少女趁着人喧马嘶，想逃之夭夭。

坦达利亚终于弄清楚了状况，他内心后悔不已，当初为何要将拍卖延长一日。

这个消息传到了山中土匪的耳中，如今坦达利亚不得不跟来犯者兵刃相见。

这场战争，似乎是坦达利亚自讨苦吃。这里并非兵家用武之地，满眼望去都是王公贵族，保护他们的安危是他的职责。

公爵意识到自己又犯了一个错误，卖场被烟雾笼罩，倒是更利于歹徒攻入，他连连拍打脑门，懊悔地说：只有初出茅庐的蠢将军才会犯这种错。

强烈的自责感熄灭了坦达利亚残存的理智。为了扭转局势，他变得凶神恶煞，判若两人。

他最在意的是贵族的安危，下令让一支骑兵火速救出他们后，带进宫门内，确保他们安然无恙。

同时他亲率步兵，关上卖场的大小出口，让骑兵带贵族从南门撤离。

场内还有贵族时，坦达利亚下令不准开枪，否则会错上加错，而且后果会不堪设想。

当确认场上所有的贵族都安全撤离时，坦达利亚无所顾惮，毫不在意到处流窜的市民。

他发令大喊，要决一死战：

"不能让卖场上任何一个暴徒活着出去。"

这些劫匪起初只是想火速救出少女们，带回山里。但如今看来，背水一战在所难免，血债只能血还。

这里不像鏖战的战场，更像罗马时期的角斗场。

卖场的出口全被堵上了，被困在角斗场上的有四类人：骑着白马的劫匪，身披铁甲、手握枪支向四面八方扫射的卫兵，惊慌失措、无处可逃的少女们，还有些倒霉透顶的市民，他们偏偏此时此刻却在此地。

劫匪们骁勇善战，让这场战役久久分不出胜负，坦达利亚越来越惶恐不安。

他在想如何能一举拿下暴徒，让他们偃旗息鼓，或举手投降。突然，他急中生智，下令不要再跟暴徒们拼死拼活，尽快杀光那些少女。他相信只要少女全死了，他们便没了斗志。因为为之战斗的理由，已不复存在。

士兵们执行了公爵的命令，卖场上血流成河，没有一个少女被放过。有时误杀了别的女人，她们不是出售的少女，而是买家。

坦达利亚如今又有些后悔，刚刚的决定太过草率，他怀疑今天连上苍都在刁难自己。

当劫匪看到少女们倒在血泊中，高台上、马蹄下横满了她们的尸体时，斗志一下子被点燃，冲锋陷阵，视死如归。

他们中有人被流弹射中，却依旧徒手扑向对手，被拽下马背后，如磐石般压倒在对手身上，狠狠地砸着那人的脑袋和胸口。

另一位勇士，索性扔掉手中的武器，冲向倒在自己面前的士兵，用大石块砸着他的脑袋，来报仇雪恨。

面对这个失控的场面，坦达利亚觉得无计可施，结束此战已经变得无望，他只好命令士兵撤退到宫墙内。

第七章　与主的对话

"世上没什么值得恨一场"这是巴西里奥的人生信条，不管发生了什么，他都这样告诫自己。

仇恨是种强烈的情绪，让人心力交瘁，可以侵入每个灵魂，让人无法感知到其他的情绪，所以我们何苦用它来折磨自己呢？

在巴西里奥看来，仇恨无疑是种自虐，但几百年来，却被人轻车熟路地实践着，甚至忘了没有恨也可以活着。恨是对自己的折磨，其次才是对别人的伤害，但后者往往事与愿违。

史书上说，同仇敌忾的军队才能在战争中胜出。生物学上讲愤怒的麻雀们总比友爱的那些先找到食物。

但巴西里奥了解最多的是，那些心中有过千仇万恨的军政要人，要是哪天找不到可以再恨的人，他们往往会朝自己的脑袋开一枪，用自杀来结束此生。

仇恨是熊熊烈火，我们似扑火的飞蛾，只会玩火自焚。

要不是在大学里做教授，巴西里奥宁愿在中国的深山里隐居，当个道士。要么去遥远的印度小村落，做名佛僧。

但家人的期许和上天的安排却是,让他饱读诗书,在当今学界有了一席之地。

然而再高的学识,跟他渴望的宁静生活相比,都微不足道。为此,他宁可独自生活,不要妻子也不要孩子。

如今他已到悬车之年,双手却依然柔软,这是双没干过什么重活的手,顶多浇浇玫瑰、喂喂麻雀,干得最多的是翻翻书页。

巴西里奥一直津津乐道的"求知之旅",是曾经和父亲一起去城里。有一次,路不好走,他摔倒了,父亲俯下身扶他起来。虽是五十多年前的事,但他还记得父亲当时说话时严肃近乎命令的语气:"头能保持身体的平衡,一定要沉着慎重,这样你才能稳步向前。太轻浮,风一吹,你就摇摆不定了。"

这对听惯父亲讲大道理的小孩而言,不过是句耳旁风。但对当时的他来说,却影响深远。他把这句话写下来,挂在大学办公室的墙上。直到悬车之年,悟出了新的妙言警句,他才舍得把挂了多年的那句换了下来。

当巴西里奥埋头伏案的时候,突然觉得这个临时摆在床前的办公桌上,需要挂幅字了。

这句新的箴言,让他不忘初心,砥砺前行。

"嗯嗯,就是这句吧。"

他一边想着,一边拿出粗头的绿笔,写道:

"世上没什么值得恨一场。"

巴西里奥觉得字迹没有过去那般工整遒劲了,可能是上了年岁的缘故。但也无妨,自己活过的那些年,在无始无终的历史面前,不过昙花一现。他感叹道,"回首向来萧瑟处,也无风雨也无晴"，但很多人都不懂这个道理。

巴西里奥暗自下定决心，那些落在肩上的担子，有些虽不是分内之事，自己也会做好的，首先是让小组成员们融洽相处。

他知道虽没有取得预期的成功，但也无须过分担心，目前来看，工作还是按部就班地进行着。

前几天电视厅里的情景，让巴西里奥很是担心，大家讨论激烈，言辞犀利，特别是马特奥和扎克里亚之间，唇枪舌剑只差动手了。巴西里奥能想到的最糟的事，还是在这群人中发生了。

那晚开始，他就不停地问自己：

"这个世界到底在发什么疯？在格拉纳达一个无人问津的院落里，一群来自世界各地的历史学家聚在一起，是非不断。放眼世界，到处都在打仗，人类相互残杀。中东，在这片上天中意的土地上，三位先知先后被派下凡间。如今，这里却成了名副其实的人间地狱，狱火蔓延开来，随处可见。昨天，听到了东亚缅甸大屠杀的新闻，人们被活埋、被围困直到活活饿死。再看欧洲，人们整日惶惶不安、提心吊胆。怕犹太人聚居区受东方的挑唆，做出惨无人道的事来，比如爆炸袭击、定点暗杀等等。欧洲最东部的乌克兰，如今乱象丛生，危如累卵，像是魔怔了！"

他反反复复地想，这世界像是受了诅咒，人们互相杀戮，无安宁可言，对种族清洗的狂热有增无减，战争接连不断，夺去了多少生命，魂魄含冤升天。

这样的说法虽然天真，却经常被印证，人们往往假借宗教之名为鸡毛蒜皮的事大动干戈。

为何不呢,宗教最能激起人的杀欲。

这番感想有些消极,让巴西里奥觉得颓丧。但他有应对之法,一个百试不爽的办法,就是看一眼那张照片,仅此他便对书中所学有新的见解,明晰自己在这世上的角色,比常人更加洞察世事。独独一张照片就能让他有这么多领悟!

他拿来包,从黑色的口袋中取出一张照片,每次看到它的感觉都是不一样的。

照片里的埃荷娜,今天看起来有些面容模糊,她小小的光脑袋让巴西里奥觉得无比亲切,白色的僧袍有种令人生畏的圣洁,像他这样观察入微的人自然不会忽视。

每次,他都盯着这张脸,久久挪不开眼,企图找到时间留在脸上的痕迹。

照片里的埃荷娜当时还不到十岁,是被逐出寺庙前的两年。她那高挺小巧的鼻子一直没变,眼里永远闪耀着神性的光芒,耀眼夺目。埃荷娜第一次走进他的课堂,他便记住了,那一年她二十二岁。

他手里的照片,是翻拍的一张挂在老墙上的,他去年不知历经多少艰难险阻,才在霏凡特寺狭窄的入口找到了这张照片。

为此他整整苦思冥想了一个多月,在尼泊尔南部翻山越岭,寻遍几十个与印度接壤的村落,直到找到了她的一张照片。

事到如今,他还是不知道那个遥远村落的名字,没人能告诉他,这是印度,还是地属尼泊尔,这像是个大家心照不宣的秘密。

他爬了成千上万的台阶，累得气喘吁吁，终于走到了山顶的寺庙，当瞥见那张跟其他神女图挂在一起的照片时，他笃定，就是她。那刻，他不再失魂落魄，生平第一次感觉自己是活着的。他怎么会看错？哪怕是她呱呱坠地的照片，他也能一眼认出来。巴西里奥别无他求，只是对着这张照片按下了快门键，之后便回去了。

他与埃荷娜的相识以及后来对她进一步的调查，让巴西里奥的思想和性格发生了很大的转变，无疑她是巴西里奥生命中最重要的人。巴西里奥不禁自问，可否把她称作"人"，这些年她一直被当作神，两者有天壤之别。

她是印度来的留学生，选修了他的"宗教史"这门课。第一次看见她，巴西里奥就感觉到她身上的气质让人不寒而栗。举手投足、一颦一笑，都散发着光芒。

她身材高挑，头发稀疏，脸上总是云淡风轻，笑容出尘脱俗。

虽然她总是缩在离讲台很远的座位上，但巴西里奥每次走进教室，第一眼看见的，却总是她。

她跟班上的同学不怎么来往，下课后总是匆匆离开，老是沉默不语，这些都让他好奇不已，却百思不得其解。

身为她的老师，巴西里奥三番五次鼓励她参与课堂，却事与愿违。后来巴西里奥编了个由头，让她下课后留下来讨论问题。

他记得，那天埃荷娜走向讲台时，一步一颤，像个蹒跚学步的孩子，另一只脚落地，另只脚就要休息片刻。

他问埃荷娜，为何走路是这个样子？埃荷娜听后一脸惊慌，打算简单搪塞过去，想着他定不会刨根问底，便答道：

"我害怕的时候，走路就变成这样子了。"

埃荷娜以为接下来他会这样问自己：

"你为什么怕我？"

但像他这样的教授，断不会抛给学生一些意料之中的问题，那不是他的风格，所以他出其不意地问道：

"你什么时候学会走路的？"

这个问题让埃荷娜大吃一惊，像被一桶冷水劈头盖脸地浇了下来。她回答得磕磕绊绊：

"五⋯年⋯前⋯吧⋯"

巴西里奥站起身，抓住她的手，稳稳地把她带到讲台前的第二把椅子那里，鼓励她，给她打气：

"没事的，你已经战胜了病魔，现在要做的，只是克服恐惧。"

"那根本就不是病！"

她再次开口回答道，虽然她无意多言。

那场漫长的谈话发生在1978年五月的一个午后，巴西里奥有了个惊天大发现，这个发现影响到了他以后的职业生涯。

在接下来的三年，巴西里奥的所思所想全是埃荷娜。他像埃荷娜的影子，追随其后。以至于大学的师生们都窃窃私语，说他一门心思地想娶她回家。

当然，他从未这么想过，一次都没有，他相信埃荷娜也不会有这样的想法。

当时，巴西里奥不声不响地做着关于埃荷娜的研究，没让任何人知道。他一门心思扑在研究上，因为在他之前，没人做过这样的研究。

他先分阶段地了解埃荷娜的过往，但要让一个不愿回忆的人打开话匣子，侃侃而谈，谈何容易。

好在埃荷娜后来释然了，知道跟老师倾诉自己的故事不是只说给一个人听，而会通过老师对人性进行剖析。看老师那副全神贯注的样子，就知道他干的是件了不起的事。

巴西里奥总共写了四份研究报告，其中有两份被大学列进了二十世纪最有价值的20份论文名单中。

一个教授能有两篇文章被选进20份名单中，自建校以来，他是第一人。

父亲常常带他踏上"求知之旅"。有次他们去了巴塞罗那大图书馆，在那他发现了一本书，封面是个浑身赤裸、体态肥硕的神，周围摆满了葡萄这些供果。

后来每每读到有关亚洲宗教的内容，那张图就浮现在他的脑海中，挥之不去。而"埃荷娜"这一新发现让他喜出望外，他竟有机会来了解主的所思所想。

现在不管去哪参加科研活动，巴西里奥都会带上关于"埃荷娜"的四份报告，以便参考。

他现在坐在辩论厅顶层的房间里，翻阅这些报告，反复品读文章的题目，仍会觉得激动。

"择神：论主的感性特征"

"造神：论远古宗教中羽化成仙的条件"

"逐神：论去神性和圣人更替"

最后的这份也是他最重要的报告："与主的对话：探究主印

象里的信众"

他呕心沥血，历时一年写成了这篇论文，为此，他跟埃荷娜经常促膝长谈，有时还会通宵达旦。

当然，埃荷娜的故事是不可复制的，这种事只能落在有缘人的头上，且一生一次。

在尼布尔南部或许是在印度的东部一个偏远的村庄，埃荷娜出生的那晚，天有异象，婆罗门女祭司掐指一算，说是吉兆，埃荷娜便成了霏凡特寺中众人景仰的女神，十二年来香火不断。

她之前的那位圣女长大了，不能再供着，得换掉。就这样，尚为稚童的她当着亲人的面被带走，寺院让她的亲人离开现在的村子，他们走后也再没回去过。

她当时连个名字都没有，后来的许多年也一直无名无姓。但一旦她登上神座，她就是霏凡特寺中尊贵的神，按照教规，接受众人朝拜。

这十二年来，她只知道坐在女神的轿上，要什么就用手指一指，或是礼拜时挥挥手中的神杖。

十二年来，她没走过一步路，没见过什么人敢直视自己的眼睛，所见皆是一群人俯首叩头、毕恭毕敬。

她一年中只有一天能见到人。那天她坐在自己镶金嵌钻的轿子上，出了寺院，在大街小巷上巡行，不管到哪，都是喝彩和祈祷声一片。

但圣女的任期很快就到了，像前任一样，一个月黑风高的晚上，她被请出了寺院，去自谋生路，因为有新的圣女将接替她的位子。

埃荷娜在巴西里奥家住了好几个月后，终于开口讲到了自己被逐出寺庙的第一晚。

一个胖乎乎、什么都不会做的小女孩，被扔在河边，她一头雾水，却不知从何问起。

埃荷娜对巴西里奥说，那时的自己什么感觉都没有，根本不知道这一切将意味着什么。

她唯一想的是，自己饿了，待会儿女僧会来送食物，但自始至终都没有人来，只有黑夜和狗吠声。

埃荷娜被抛弃后，遇到了一位名叫约翰·埃尔蒙多的好心人，他乐善好施，常常帮助时乖命蹇之人。在救助埃荷娜一事上，他功不可没。

约翰·埃尔蒙多在印度东奔西走，寻找那些走投无路的孩子。再把他们送到自己在孟买建立的收容所，补偿给他们迟到的父爱。

不仅如此，他十分重视孩子们的教育问题，择其优者，送到国外留学。刚开始他们出国留学是受英国政府资助，后来西班牙、比利时、挪威纷纷效仿，进行资助。

正因如此，命运让埃荷娜来到了巴塞罗那，遇见了巴西里奥。

但她在大学三年的学习还没结束，就莫名地不见了，跟她出现时一样的突然。她的不辞而别，让巴西里奥伤透了心。

每每想起她的不辞而别，巴西里奥就自我调侃道：

"没事儿，神的脾气有时就是捉摸不透！"

之后，他费尽周折，在学校档案和花名册中找到了埃荷娜留下的一个地址，这个有关她唯一的线索却是错误的，或者说是有意为之的。而且她在学校档案室中留下的档案也离奇消失了。

巴西里奥突然想到自己连张她的照片都没有,一下子就陷入了恐慌。写了四份报告,有几百张录音带,却没有一张照片。他在那个燥热的夏天坐不住了,他要找到埃荷娜曾在的寺庙,带回一张她的照片,即使路途千山万水,他也得一往无前,只要一张照片,便足矣。

屋外传来了艾琳娜的声音,巴西里奥听到她在唱一首希伯来语的歌,调子很奇特,她总爱在厨房煮茶的时候嘴里哼着歌。

巴西里奥每遇见一位姑娘,总认为自己又碰到不为人知的活佛,便会仔细端详,确认在她们的脸上看不到埃荷娜的五官。

他必须承认,第一次看见艾琳娜,他也是这般确认再三,发现她也有个高挺的鼻子,眼角像极了埃荷娜。

但无论如何,他都不能将人跟神作比。再说艾琳娜的所作所为,证明她和自己一样,只是芸芸众生,有着诸多无奈。

巴西里奥想着想着就笑了,他打算去找艾琳娜,一起喝杯茶,顺便把自己跟"霏凡特圣女"的故事讲给她听。

第八章 水的蛊惑

西斯内罗斯等人都到齐,围着会议桌坐下后,他开始讲话:

"这段时间,我听说一些基督教信徒光顾格拉纳达的公共浴场,这件事让我很痛心。这是穆斯林才有的歪门邪道,我们中竟有人盲目跟风。

为此我恳求辩论厅明察秋毫,下令拆除市内所有的公共浴场,拆不掉的就改建成其他公共设施,为教堂服务,让信众品行更加端正。以上就是今日辩论的要情陈述。"

哈利勒努力让自己集中注意力,把听到的翻译成阿拉伯语。可思绪却不由自主地飘远,一幅幅画面浮现在脑海中,挥之不去,像是长进了大脑的褶皱中。

一个小男孩,陪妈妈和三个姐姐去格拉纳达的大浴场。每周周四,是女人和孩子的专属洗澡日,空气里满是茉莉花、橙子叶的香气。现在鼻尖似乎还能嗅到那迷人的香气,嗅一下就能想起当时的情景。

女人身上裹着布,只能勉强遮住羞处,她们轻轻地在浴场走来走去，坐一起总能引起一片欢声笑语。

四处流淌的水，衬得女子的身材更加曼妙，特别是身上的衣物见水变透明后，紧紧贴在皮肤上，显得身材更加凹凸有致，女人的成熟气质一览无余。

来浴场洗澡，是她们难得的好机会，可以不用管家中琐事和累人的家务活。

这天不单单可以洗澡，还可以展示平日不能示人的姣好身材，对于那些上了年纪的母亲们，更能趁此良机，亲自为儿子们挑选媳妇。

女子们来浴场时，也是精心打扮了一番，穿着艳丽的阔腿裤，橙色、红色还有黄色的，上身着一件长长的背心，外面再罩个白色袍子，头发也包了进去，身上戴满了各式首饰，金光闪闪。

但一眨眼的工夫，浴场里只剩下或白皙、或黝黑的胴体，和绘在小臂和小腿上的海娜①。居心叵测的阳光，从屋顶琉璃窗中偷偷地钻进来，让女子的胴体和身上的海娜更加耀眼夺目。

浴场中水雾缭绕，许多东西都看不真切，显得更加玄妙。

女子柔美的声音，夹杂着清脆的笑声，回荡在氤氲的香气中，仿佛是天堂的仙女下凡，特意来此沐浴。

哈利勒记得，浴场里有四间房：迎客室的房中央是个浅水池，水池四周摆了些椅子，供人休息和用餐。圆顶再加马蹄状的拱门，屋子看上去更加高大气派。

每间房的四角都有存放衣物珠宝的柜子，柜子前是张大桌子，上面的白色毛巾摆得整整齐齐。

---

① 在阿拉伯国家十分常见的身体装饰艺术，常绘在手上。

在这里,你能闻到从三个浴室飘出的皂香味。三个浴室是以迎客室为中心而布置的,分为热室、温室和冷室。

窈窕的女子戴着脚链,走起路来叮当作响。若不挨个走进这三个浴室,这澡也不能算洗完。

哈利勒长大后,母亲便不许他跟着自己在妇女日去浴场。他难免心生忧伤,分外想念周四的浴场。但在每个周五的午后,他得陪着父亲去同一家浴场,跟另外一群人一起洗澡。气氛是凝重沉闷的,不见昔日的欢声笑语。

塔拉博里清了清嗓子,接着发表自己的看法,说道:

"主教,您的这一请求,我之前也考虑过,但我希望您可以说得更清楚,这些浴场到底有何不妥,竟能惑乱信众,让他们偏离基督正道呢?"

西斯内罗斯像是料到塔拉博里会如是问,胸有成竹地回答道:

"尊敬的主教,您难道没有听说,浴场的四壁之内,淫秽不堪。有些人在里面堂而皇之地做些见不得人的勾当,荒淫无度。"

这是头一回,塔拉博里嘴角露出了一抹戏谑的笑容:

"尊贵的主教,您之前去过吗?怎会知道里面的情景?"

西斯内罗斯勃然大怒,反驳道:

"主教,请你记住,你此刻的嘲讽会被各种语言记录在案,你现在说过的每句话,女王陛下日后都会知道。所以小心祸从口出,别说有失身份的话。"

"上帝保佑,我并不是在嘲讽你。只是据我所知,并没有哪家浴场是男女混浴,而是规定好某几日专供男子沐浴,其他日子则供女子沐浴,所以何来荒淫之事?"

对于这点质疑,西斯内罗斯也早有准备,他回答道:

"谁说只有男女混浴才能导致淫乱之事,那里男子扭扭捏捏、毫无阳刚之气。女同性恋和鸡奸者,浴场里比比皆是。还有比这更龌龊的勾当吗?"

"但拆除所有浴场,下达这样的命令,我们先要确认一下,上述之事是否属实,你何不派些教堂的亲信,去浴场了解情况,核实下是否确有此事?"

"上帝保佑,我决不允许虔诚的基督徒被这些地方玷污,倒是主教您,下令关闭、拆除浴场,对您有何妨碍?"

塔拉博里不紧不慢地回答道,言语中充满睿智和自信:

"基督教中,用来做洗礼的是水,所以即便是跟其他宗教的信徒一起沐浴,对基督徒的修为不会有任何影响,关闭、拆毁这些浴场,倒显得教堂小肚鸡肠,侵犯其他宗教人士,让他们怀恨在心,于我们又有何益。这一决定有害无益啊!"

哈利勒抬头看向阿德莱,他虽看上去在埋头翻译,但脑子里全是关于水的回忆在流来流去,尽管此水非彼水:

阿德莱犹记得那晚,父亲匆匆忙忙回家,让母亲备好铲子和一筐土,跟自己来到院子。接着他一下又一下,铲着土倒进院里的浴池中。

渐渐地浴池变成五尺高的小土堆,父亲趁着夜色浓重,一声不吭地把土铲进池子中。这个池子有个名字叫"梅可菲叶",所以父亲的样子倒有些像在葬一个过世的故人。

事实上,当时阿德莱年纪尚小,他并不晓得这个被唤作

"梅可菲叶"的浴池有多重要，只是大家不许他在里面嬉戏打闹，要是被母亲发现他在浴池旁边玩耍，肯定免不了一顿责骂。

他只知道，母亲每隔一段时间会在此泡澡，一些女邻居会趁父亲去市场的时候，也过来泡澡。但她们都是偷偷跟母亲说这件事，有时还会面带羞涩。

后来阿德莱知道，这池水竟和耶和华的律令有关，他规定女子月事结束后，必须到池中沐浴。

但那晚，阿德莱的父亲听说教堂的长官们闯入民宅，搜查取证，看是否有人对基督教不忠，重操异教徒的陋习，任何蛛丝马迹都不放过。阿德莱的父亲听后，便匆匆忙忙地埋掉了"梅可菲叶"。

关于那晚的记忆，一直盘旋在阿德莱的脑中，挥之不去。不知为何，在之后很长的一段时间里，每当他去浴室洗澡，或是哪个人提起澡堂这两个字，那些关于黑夜、池水、黄土的记忆就涌上心头，隐约觉得后怕。

尽管西斯内罗斯极力掩饰，但他内心的平静已被打破，只好提高嗓门，准备速战速决，力求言简意赅，提出自己建议后就结束辩论，不再给塔拉博里任何辩驳的机会。

"我们要做的，不是迁就其他宗教的信众，而是保证我们的宗教纯正不被玷污，永做基督徒心中的明灯。

"主教，这些公共浴场，让男子娇柔作态，女子不守妇德，留之有何用，难道任由这些陋习惑乱信众，让基督徒有机会跟叛教者、异教徒亲近，从而败坏他们的品性？诚如你所说，做洗礼的是水，要想安安心心地清洁沐浴，就该用教堂和家里的水。

"至于你声称，其他宗教的信徒会因此怀恨在心，这倒不难解决，我有应对之法：

"我们命令市里的医生和药材商人四处宣扬，长时间沐浴会打开皮肤毛孔，极易感染瘟疫。要知道人们最怕瘟疫了，如此一来，便可顺理成章地下令关闭所有的公共浴场，以防疾病扩散。"

真是咄咄逼人的辩词，最让塔拉博里气愤的是，他竟然说自己声称，这是西斯内罗斯头一回如此明目张胆地指控自己。

"好，你说我声称就是我声称，尊敬的主教，我们现在的辩论只是在极力推翻异己之见，这样如何来匡正时弊。

"我坚持我的观点和我接下来的陈述：

"拆毁公共浴场，或下令禁止使用，是没有任何好处的，反而会加大我们传教的难度，在旁人看来，我们竟成了暴虐之徒。因此，我坚决维护我的主张，此事必须就此打住。"

西斯内罗斯愤然起身，用手杖敲着地板，他回驳的时候眼睛看向天花板，好像接下来说的是受了上天的启示：

"主啊，你给了我另一力证，塔拉博里主教，你确实思想不端，我曾好心好意，想努力打消内心的疑虑，如今看来无须多言了。

"我曾一直说服自己相信，你已经摒弃了原来的犹太教信仰，不再受它蛊惑，今日看来，你仍对它念念不忘，容不得他人说三道四，我现在恳请你，直截了当地回答我的以下问题，你的回答将被刊登在辩论报上，成为佐证我观点的力证。"

西斯内罗斯一股脑地抛出了他所有的问题，像是递上了一张诉状：

"主教，你为何不吃猪肉？这一点所有跟你一起吃过饭的人都可以作证。

"听教堂的侍者说，你醒后饭前都会立即洗手，这是上帝让你这么做吗？

"你带大家做礼拜前都会沐浴更衣，这是基督教的规定吗？还是犹太教的陋习陈规？

"如果现在我给你一杯红葡萄酒（圣血），你会毫无羞恼、不加犹豫地一饮而尽吗？"

接着西斯内罗斯看向坦达利亚公爵，希望他能出面为自己作证：

"尊贵的公爵，当塔拉博里主教去你家凭吊令姐琳达公爵时，在场的宾客听到他要求你，先将亡者屋内的镜子盖住，再对亡灵祷告。你我大家都知道，这是犹太教的陈腐规定。公爵请如实回答，当时主教是否这样要求过你？"

坦达利亚的脸一下子变得蜡黄，他犹豫再三后站起身，用弱不可闻的声音回答说：

"是的，确有此事。"

接着坦达利亚坐下，双眼紧紧盯着塔拉博里的脸，不知道主教会对此如何作答。

塔拉博里起身，像是要离开会场，但他走到一半时停住了脚步，站在辩论厅的中央，转过身来：

"尊敬的枢机主教西斯内罗斯，你听好，我不是被告，我们不是在法院的审判中，我无须对你之前的控告做出回答，如今趁着记录员、翻译们都在场，我要对日后将读到会议纪要的那些人说，也对双王说：

"我不单单是不吃猪肉，所有飞禽家畜的肉我都不吃。只有地上长的花果草木，我才会采而食之。所以这跟我的基督教信仰无关，跟我的修行无关。

"至于我沐浴一事，你可能对发生的事夸大其词，我每日沐浴更衣，只是为了在基督教民众面前，显得神清气爽。

"说到这，你可以去问尊贵的双王陛下，他俩是否也要沐浴更衣，这对他们的基督教信仰可有半点妨碍？

"至于红葡萄酒，我每晚都会喝，只不过是对月独酌，想象自己在上帝的天国自由翱翔，其中诸多玄机，我将上下而求索。我不跟众人一起喝酒，只是不想破坏了原有的意境和美感。"

接着塔拉博里看向坦达利亚公爵，好像接下来的话只是说给他一个人的：

"公爵，我请求你盖住亡者屋内的镜子没错，那是因为那面镜子把里屋号丧的妇女们照了进去，礼拜堂的人将她们号啕大哭的样子看得一清二楚，我不过是想让祷告的人专心致志，希望对亡灵的祷告不掺任何杂念，清清楚楚地传到上帝那里。"

塔拉博里的这番话让西斯内罗斯瞠目结舌，后者气急败坏，凶神恶煞地逼问：

"就算你说的这些都属实，考虑到许多牧师一直都在怀疑你是否受过割礼，正直的主教，你敢当着教堂管理委员会的面，接受检查，来核实一下吗？"

与其说这是个严肃的请求，不如说是嘲讽，光是听着就让人恶心，不但恶心到了塔拉博里主教，在场的诸位尤其是坦达利亚公爵，都感同身受。

诚然，这不包括恩里克，这个脸上一直挂着痴笑的人，竟兀自笑出了声。这引起了所有人的反感，其中包括西斯内罗斯本人。

这个早晨，巴西里奥和马特奥告了两天假，回各自的大学处理公务。

白天，扎克里亚试图集中注意力，翻阅文献，沉思默想。但好几个小时过去了，他一无所获，只觉乏味。

隔壁房间，艾琳娜偶尔制造出一点动静，以此证明屋子里还有活着的生命。

扎克里亚不止一次地在想，要不要主动去敲她紧闭的房门，但每次都能找到千奇百怪的理由，劝自己不要这么做：

"她凶巴巴的，肯定会撵走我的……"

"我跟她没啥好聊的，所有的共同话题聊到最后都是意见不合。"

"她那么多小心思，肯定会想歪的，她一定觉得，我趁着两人独处，想捞点什么好处……"

关于最后一点，扎克里亚怕艾琳娜心思缜密会想歪，结果倒是自己浮想联翩：

"她真的是身姿曼妙、秀色可餐，好像是用另一团泥巴捏出来的，这团泥巴与众不同。"不过犹太人一向自恃貌美，坚称自己是上帝的选民。

关于众生之美，有句老话："世间之美万万千，美不过基督教的青年，犹太的姑娘，穆斯林的妇人。"扎克里亚记不清是在哪儿第一次听到这句话的，但从此这句话就盘旋在脑中，他总爱拿此句跟朋友们打趣，像是自己悟出的心得一样。

显然这句话只是在迎合三大天启宗教，但现在扎克里亚却为此郑重其事地思前想后：

"艾琳娜还可以算姑娘吗？但她说过，自己没结婚，也没生过孩子，这可不就是姑娘吗！"

轻轻的敲门声突如其来，扎克里亚腾地从床上坐起来，确定自己没有听错……敲门声还在，更加地不依不饶。

他冲向门口，天晓得自己有多么想见到她。

"能进来吗？"

问完只见艾琳娜的目光打量着房间里的角角落落，之后说道：

"我刚刚想出门去市中心的米拉多尔餐厅吃午饭，据说这家餐厅很不错，但我却看到……"

艾琳娜索性拉起他的手，走到窗前，指着外面说：

"好不巧，下雨了。"

艾琳娜的主动，太过突然，让毫无防备的他一时间心潮澎湃，竟有了眩晕的感觉。再加上屋外的雨声，让面前这个像谜一样的女子显得更为复杂。此刻他想到，原来雨落地时是有回声的。

自认识艾琳娜以来，扎克里亚头一回觉得自己离她那么近，她的呼吸扑面而来，带着薄荷的清香。

"这一切是真的吗？"他在心中问自己，这是一个不需要回答的问题。艾琳娜才不会让他这么瞎想下去，她径自在椅子上

坐下,顺手翻起了桌上的书籍,说道:

"巴西里奥博士把文献室关起来,这么做不妥吧,这不摆明了不信任咱们吗?"

从震惊中还没缓过神的扎克里亚,这次终于找到可以说的话了,他在床边坐下,回道:

"的确,有些不妥,但他这么做也有自己的道理,他是部长指定的负责人,得保证这里的文献完好无损,没有任何意外发生。"

艾琳娜望着扎克里亚的眼睛,严肃地谴责道:

"这些文献里有什么地方是值得炫耀的,竟然这么宝贝它,里面写的尽是压迫寻仇之事,他们真该为此感到羞愧,最好藏着别让人发现,要是被谁给损坏了,真是帮了他们大忙了。"

扎克里亚笑了,至少在这一点上,两人不谋而合:

"我不反对你说的这些,但归根结底,这是至关重要的历史文献,说句实话,这算得上我这辈子接触到的最重要的文献了。"

"我不否认,我也一样。但你相信吗,那字里行间的仇与恨,像是能传染一样,我真是备受荼毒。我以前都没跟人说过,每次研讨会,那些深仇宿怨,我虽大把大把地咽下,却像堵在胸口一样,很不舒服,到深夜都觉得恶心。"

"这可能跟古籍的霉味有关,或者是因为吸了太多文献室的灰尘,部里的医生提醒过我们,要多喝菠萝汁,我看你好像不怎么喝!"

此话一出,逗得艾琳娜哈哈大笑,她满眼挑逗地看着扎克里亚:

"菠萝汁能消除仇恨吗？只能增强性欲罢了，我真不懂，在这儿为什么要喝菠萝汁，是不想继续压抑下去，让欲火焚身吗？"

扎卡里亚心想：你这是从哪冒出的滑头，怎么就说起这些了呢。他自然不会放过任何一个性暗示。之前他怎么没听说过，菠萝能激起性欲，难道这话是种挑逗？

安达卢西亚的雨，有股岁月的味道，从木窗的裂痕、门缝中飘进屋内，甚至透过艾琳娜的身体，让屋内的风拂来时，带着熟悉的柔软触感，像她本人那样。

为了掩饰自己的局促，扎克里亚单刀直入正题，也算"礼尚往来"：

"哪用得着什么壮阳药，只要你在，就没有点不着的火！"

乌云突然散去，屋内一下子热得喘不过气来，此时艾琳娜嘴角一抹玩味的笑，挑逗的意味更加明显：

"你真这么觉得？还是被迫跟敌人握手言和时，随口说说的客套话？"

"你知道吗，得知你也会加入我们这个调研小组时，我那会儿还很犹豫，差点就回绝了呢。"

艾琳娜那张精致的脸上写满了好奇：

"真的？一定是你心系科研，左右了你最后的选择，今天才会成为我们小组的一员。"

"不不不，这跟科研精神一点关系都没有，说动我的是八千欧元，这份任务的酬劳对我来说，是笔不小的数目。在我的科研生涯中，我还从未领过这么多的报酬。"

艾琳娜听后笑得前倒后仰，拍腿叫好，她真没料到，此人

会如此直白:

"要真是这样,我把我那份八千欧元也借给你,要是没你在这,日子会更无趣的……"

她的最后一句话搞得扎克里亚心绪不宁:

"你这话是什么意思?你真的知道自己在说什么吗?"

艾琳娜把头偏向窗子那边,说道:

"你不该这么说的……好了,你要跟我去老城里转转吗?你肯定不会相信,那里像极了耶路撒冷,要不是太过干净,墙面被刷得雪白,我还以为自己在耶路撒冷呢。"

"似乎没有人跟你说过,米拉多尔餐厅下午七点前是不开门的,那里只有晚餐可以吃。"

艾琳娜有些失望地说道:

"哦,你不该告诉我的,我还想等这阵大雨停了,在那吃顿午饭犒劳自己呢……"

"谁说的,雨下午就能停?"

"难道我们待在屋里发呆吗?现在又没工作,巴西里奥和马特奥都不在,千载难逢的好机会,此时不出去溜达,更待何时呢。"

扎克里亚觉得这是个探明艾琳娜心思的良机,他说:

"你说的都对,巴西里奥和马特奥不在,确实制造了很多机会,但我们该如何把握呢?"

艾琳娜自然明白,他话中有话,便站起身来,朝坐在床边的扎克里亚走去,扑倒在他身上,用柔软的小腿在他曲着的膝盖上蹭着,一只手轻轻摩挲着他的头发:

"你要知道,我想干点什么的话,哪需要趁别人不在。"

最后又加上一句：

"如果这真是我想要的。"

这句话似乎有魔力，让扎克里亚的心不再属于他自己。

艾琳娜说完后，松开他的头发，把手从他的肩膀上拿下来。结果扎克里亚猛然进攻，让艾琳娜猝不及防，显然她点了火。她继续往下说，尽量让自己的声音听起来跟平时一样：

"你要知道，我从不在自己的床上跟一个人做爱，我不管别人是怎么看的，这对我来说很重要。"

扎克里亚便用喘着粗气的声音问她：

"那我的床如何，可以让你做那些事吗？"

艾琳娜用命令的口吻说：

"把上衣脱了……"

扎克里亚难以置信，事情是按照这个节奏发展的。他瞠目结舌，想象自己是一个仆人，顺从地解开蓝色衬衣上的纽扣。而不是弗洛伊德[①]笔下的男性，手握实权。

艾琳娜的大腿一直勾着扎克里亚的膝盖，像是怕他跑了一样，但他现在小腿早已酥软，站都站不稳，别说跑了。

当他把衬衫脱下扔到一边时，艾琳娜一下就被他的左肩吸引住了。她伸出手，慢慢地抚摸上去，而扎克里亚此刻明白了，为何艾琳娜一反常态，要求他脱掉上衣，只听见她问：

"这是什么？"

他脱口而出：

[①] 西格蒙德·弗洛伊德（Sigmund Freud，1856 年 5 月 6 日—1939 年 9 月 23 日），奥地利精神病医师、心理学家、精神分析学派创始人，有明显的男权思想。

"我兄弟。"

艾琳娜脸上的疑惑更重了:

"怎么讲?"

"说来话长,我相信你现在应该没兴趣听这个。"

"你是第二个想左右我要干什么、不干什么的人。"

她说完就坐回椅子上,目不转睛地盯着他的脸,只听他开口说道:

"我打出生起,肩上就长了块肉瘤,小的时候,觉得挺自豪的,一起去河边游泳的小伙伴,身上都没有。我特别乐意向他们展示,看到他们伸出颤颤巍巍的手摸它时,觉得特骄傲。我把自己当成勇士,无时无刻,哪怕是晚上卧床休息,都佩戴着这枚'勋章'。时间一年一年地过去,我母亲开始担心这块肉瘤,她用软尺测量大小,再用笔和纸记下来。医生告诉她,只要肉瘤不再变大,留着也无碍,但没人能说出来,这到底是什么东西。我倒是满不在乎,而且每当我感到焦虑、生气的时候,就伸手摸摸它,内心就会出奇的平静,似乎它能分泌镇静的物质,流进我的体内。但后来,我跟妻子分开了,因为她讨厌这块肉瘤,觉得恶心,之后我跟它的关系大不如前,我最终下定决心要割掉它,去看了医生,他也给我安排好了手术时间。可当天晚上,我心里担心,怎么都睡不着,我不是怕做手术,而是为它感到伤心。你可能不信,我当时听到它哭得很伤心,不过也有可能哭的人是我。当然,人哪能那么容易割舍掉自己身体里的一部分,即使它有害无益。第二天我找到医生,跟他说,这个手术我不做了。但他坚持说该做个切片检查,只要从中抽取一针尖的内容物,病理分析后,就能确定留着它有无大碍。当我得知检查结果时大吃一惊：'它是你的双胞胎弟弟，在被生出来之前，选择在你的肩上死去！'这就是故事的全部，如果它让你感到恶心和不适的话，我很抱歉。"

扎克里亚说着就拿起上衣，准备重新穿上，谁料艾琳娜朝他冲过来，夺走他手中的衬衫，轻轻地在他的肩头印上了一个吻：

"它不是你的，是你兄弟的……至于你！"

著名学者婆蹉衍那[①]说过，拥抱有很多种姿势，或轻或重，或痒或疼。

扎克里亚每回做爱时，都会想起婆蹉衍那的《欲经》，把自己的实践加以分类，算是学以致用。他仔细研究书中的方法技巧，从而享受更强刺激和无以复加的快感。

如今他茫然地看着两人搂在一起的样子，无法将其归类，似乎形形色色的姿势都合而为一。

等等，这猝不及防的咬唇是怎么回事，学者不是说过，所有可以亲吻的地方，只有上唇不可以咬，她怎么能如此轻易地打破千百年来颠扑不破的法则呢？

艾琳娜没有遵守瓦茨亚亚那法则中拥抱和亲吻的方法，所有条条框框她一概置若罔闻。

但扎克里亚必须承认，艾琳娜如此大胆，不按常理出牌，确实让他尝到了前所未有的快感。

他问自己，艾琳娜是不是把自己当作外套穿在上面，不然

[①] 婆蹉衍那，印度哲学家，生活在公元2—3世纪，以其描写性爱的著作《欲经》而闻名于世。

他们因何纠缠在了一起。

诚然，这场欢爱不是因为爱，云雨之乐罢了，不是因为爱到深处。

只有一种解释，就是一时意乱情迷，对，肯定是这样。

他试图不去想烦心的事和未来将面对的种种问题："不……不会因此生爱的，该死的瓦茨亚亚那学者，事情不会变成这样的。"

像所有人一样，把最后的快感全积蓄在双腿间，这一刻对扎克里亚来说仅此而已，艾琳娜也不例外。

艾琳娜想试探一下扎克里亚，看看他跟之前的男人们有何不同。扎克里亚的表现征服了雄心勃勃的艾琳娜，满足了她对真正男子汉的所有幻想。

但艾琳娜的脑海深处有一种忧虑和不安：难道这就是狂风暴雨的前奏吗？

灼热的喘息渐渐平复了下来，屋外的雨声变得越来越清晰，似乎要跟四壁之内突来的疾风骤雨一较高下。

艾琳娜将白色衬衫搭在肩上，并不扣上，现在遮遮掩掩就是欲盖弥彰。

扎克里亚坐在床边，背靠在墙上，他想说点什么来掩饰此刻的窘迫，但大脑一片空白：

"跟我讲讲耶路撒冷吧。"

他不知道为何，自然而然就用纯正的阿语说出了耶路撒冷这个名字。

艾琳娜听后哈哈大笑，她坐在正对着扎克里亚的那把椅子上：

"我在你身上闻到了它的味道……"

"你真的了解它的味道吗?"

"当然,它的味道就像小学四年级的阅读课本,一种很亲切的味道,是菩提叶混着月桂的味道。书中的第七课,文章开头配了张泛黄的老照片,照的是高涛宁市场[①]。

"遗憾的是,我没有办法跟你细说这个市场,关于'愈池'和'醴池'这两个浴场,我从没进去过,一次都没有。"

"你怎么一个生活在耶路撒冷的人,还有没转过的市场。"

"你要是也在那里生活,就知道耶路撒冷就在一砖一瓦之中,你脚随便往哪块砖瓦上一踩,就能领略到她的全部。耶路撒冷不是集市和高墙,不是街巷和浴场,她是你每个早晨闻到的味道,从城市中飘过来,在你的心里住下,哪还需要你到处溜达。"

"我看你是强词夺理,不想直接承认:这座城市中,跟我们息息相关的那一部分,你毫不在意。"

"我们还是放过这个话题吧,多说无益,几百年来,从中斡旋的人成群结队、前仆后继,结果还是没有找到任何解决的办法。"

"战争也是,化解不了仇恨。"

"你刚刚,不会一直在想那些战争吧,还是把那事也当作了战役,怪不得会那么骁勇善战!"

艾琳娜说这番话时,一脸的魅惑,让扎克里亚的呼吸再次变得紊乱:

---

① 该市场在耶路撒冷圣殿山的西边,历史悠久,商铺众多,十分热闹。

"你在哪学的这些本事,我想这项技能,一定不会是你们大学教的!"

艾琳娜扣好衣服上的最后一颗纽扣,也是宣布这场欢爱的结束,她回答说:

"没关系,你也不一般啊。"

扎克里亚扑哧一下笑了,继而用手捂着脸大笑不止,这让艾琳娜纳闷极了:

"快说,你刚刚想到了什么?"

"扎克里亚这个绰号一般在阿拉伯语中有两个截然相反的意思,第一个意思是正常的,说白了就是毫无特色,另一个含义是正在跑的人,不管哪个意思吧,落在我身上都挺挫败的。"

艾琳娜跳进了他的怀抱,用胳膊环住他的脖子,低声说道:

"No, believe in me; you were not normal at all!"

谁敢相信眼前的这一幕!

他俩手牵手,并肩走在老城的大街小巷上,像是相识已久的老友。每次被她不经意地撞到,扎克里亚都觉得有股奇特的电流从头到脚划过。

他不知道自己被什么迷得神魂颠倒,是攥在手心里她的手,像只湿透的麻雀,还是这座城市说不清道不明的魅力。

这是所有人的格拉纳达,她向你敞开大门和心扉,你像是跟她相识已久,甚至感觉自己是在这里出生的。

深灰色石子铺成的小路,满是又高又长的台阶,路旁散落着一些人家。曲径探幽,别有天地。即使内华达山脉因雪白头,这里也丝毫不会觉得冷。

扎克里亚在想,这种让人满心欢喜的熟悉感,一定不是空穴来风,是写进基因里的密语。谁能断定自己的某位祖先不曾在这生活过,他们每天走在这样的路上,呼吸着同样的空气。

扎克里亚不知道艾琳娜现在在想什么,但她颤抖的手告诉自己,她也有了那种异样的情愫,这种感觉就像是狂喜之时的呐喊。

他俩走在狭窄的集市里,店铺中的商品琳琅满目:大小不一的箱包、安达卢西亚的传统服饰、伊斯兰的古玩、耶稣圣像、各式各样的犹太帽。

最让他着迷的是建筑物的门窗,精雕细刻,几乎家家的门窗都是石制框架,可谓"盛装打扮",只为匆匆过客。你说这是门吧,它说我就是个窗子,里面更是别有天地!

店铺房屋的门窗将拱形设计发挥得淋漓尽致,这也是一种热情好客的表现吧,不亚于千言万语的欢迎和丰富多彩的表情。

扎克里亚忍俊不禁,他回头看了眼艾琳娜,艾琳娜把头靠在自己的肩上,脸上露着一副讨好的神情。她的呼吸中,有薄荷的清新,又有晨露未干的松叶之香。他渐渐地有些喘不上气来,连话都说不出口。

去圣尼古拉斯眺望台[①]的时候,一直是上坡路,但可以看

[①] 圣尼古拉斯眺望台(Mirador de san Nicolás),位于格拉纳达最古老的城区阿尔巴辛区,最早是摩尔人所建的堡垒,基督徒光复当地后,成为摩尔人及犹太人的避难所。

到茂密丛林中庄严肃穆的阿尔罕布拉宫①，它的威严与神秘，只有群山的顶峰才能与之媲美。

路的一边是延绵的矮石墙，艾琳娜建议两人在上面稍微歇会，喘口气。

扎克里亚并不愿意松开她的手，像是怕她会飞走一样。他用力握住艾琳娜的手指，两人依偎在一起，看脚底下的城市中，山丘连绵起伏。

艾琳娜也被眼前的美景迷住了，但她却时不时地分神，她听到自己裹在黑色大衣下的身体，一直叫嚣着说太热了。"它一定想跟自己说些什么，她听得到，却无法理解。"

她知道今天真是累坏身体了，身体在超负荷地运转，还好第五根脊椎一直在呼呼大睡，没有动静，也算是件值得庆祝的事了。

放眼望去，满眼都是红砖砌成的楼宇，墙面年久褪色了，整座城像是被笼罩在一个屋檐下，屋顶绘着零零散散的白点。

这便是彼时的格拉纳达，一个屋檐就能庇护城市里的所有人，不管谁的祖先都可以在这里和睦、平等地生活着。艾琳娜的祖先，扎克里亚和巴西里奥的祖先，甚至是马特奥的祖先，都可以。但天有不测风云，屋顶坍塌了，砸向所有人的脑袋。暴雨大作，不留情面地摧毁着一切，这座城市的骨肉便开始四处漂泊。

不仅是格拉纳达有过这样的屋顶，整个受到挑唆的安达卢西亚南部，都曾如此。

---

① 阿尔罕布拉宫，也叫作红宫。位于西班牙南部的格拉纳达，是摩尔王朝时期修建的古代清真寺—宫殿—城堡建筑群。

艾琳娜注意到眼前有棵老松树，长在路边。

她知道松树可以活很久，一次读书读到，有些松树竟然可以活五千年。

在美国，也有个地方叫内华达山脉，同一个名字真是巧了。那里的树可以活三千年。

她盯着粗粗的树干，盯了很久，她心想："种这棵树的人会不会是自己的祖先，祖先曾经在这里生活过？"接着她扭头看向扎克里亚，"或许也可能是他的祖先。"

松树被轻柔的雨丝洗得一干二净，青翠欲滴。这让她想起了自己在法国山①的老家院子里，也有棵高大的松树，被亲切地唤作"欧玛奶奶"。但她突然想到了一个奇怪的问题：

"'欧玛奶奶'这棵树绝对不是妈妈奥莉种的，也不会是爸爸，更不可能是爷爷奶奶！"她苦思冥想：

"难道种树的人是个巴勒斯坦人，他也是可怜之人，不得不携家人一起流浪"

这个不请自来的想法，让她变得忧心忡忡。当发现"欧玛奶奶"跟自己的外婆毫无可以联想到一块的共性时，母亲伤心不已，自己也是备感神伤。

她努力分散自己的注意力，不再想下去，但这个念头不依不饶，一阵强烈的悲伤表情占据了她的脸庞。

扎克里亚突然觉得艾琳娜的指尖发凉，这才发现她的异常：

"你在想什么呢？怎么突然伤心起来了？"

艾琳娜犹豫了半晌，决定还是原原本本地讲出那个故事。

---

① 法国山（French Hill）是东耶路撒冷北部的一个社区。

她脑子里想到什么，就一五一十地告诉他，包括为何会突然悲伤。她那时在想，世间之事都有轮回。这个世界怎么了，千万别信会有人弄懂这个问题，异乡人把别人逼成异乡人，用屠杀来报复屠杀，用异化来回应异化，历史究竟在说些什么，我们到底对它还能说什么？

扎克里亚听完后反而笑了，这差点惹怒了艾琳娜，他说：

"你现在甭管历史是怎么一回事，你的外婆、松林、我的祖先都在一处。你的身后，此刻是壮丽的美景，有生之年能亲眼看到，实属幸运。"

他发现艾琳娜对自己刚才的笑很介怀，便更加严肃地继续说下去：

"我对你发誓，我只知道我们生活在一个巨大的谎言中，我们不知道如何掩盖它，每当我们要对它动手的时候，反而弄巧成拙，让谎言变得更大。其实，我们不必在意轮回如何运转，这是时间给我们下的圈套，我们只管随遇而安，在这个圈套里尽最大的可能去开心快乐！"

第九章　历史的鞋

日子一天天过去，任务也接近尾声，巴西里奥告诉大家，最后两次的研讨会要在一周内完成，之后大家就能全神贯注地写总结报告了。

巴西里奥刚休完两天假，从学校回来后，就告诉大家这个新的安排决定，这样一来，调研的时间缩短到两周左右。

不管怎样，其他三位专家没什么好反对的，每个人都想比预设的时间更早些结束任务，虽然大家各有各的理由。

艾琳娜和扎克里亚请巴西里奥一起商量件要事。他们故意没叫马特奥，对此小组领导倒不奇怪，可能要谈的正是马特奥处处针对他俩的行为吧，这就纯粹是私事了。想到这里，他便让两位来自己的房间，请他俩在书桌前的两把椅子上坐下，尽可能让气氛显得愉悦轻松。

巴西里奥嘴角一抹微笑，揣摩着眼前的两人，问道：

"那么，你们谁来说明一下情况？"

他们两人严肃的神情告诉巴西里奥，他之前的猜测显然是想错了，只听艾琳娜用异常严肃的语气说道：

"巴西里奥博士,一些历史确实不适合研究、借鉴、效仿,反而该用鞋子把它踩实埋好了。最显而易见的例子,就是我们今天研究的这宗文献。"

艾琳娜语出惊人,但巴西里奥饱经风霜,还是稳如泰山,一脸平静:

"你这个看法很尖锐,我现在无法赞同或者反对它,得让我先听听理由是什么。"

扎克里亚此时插话了,他有意看着巴西里奥挂在书桌前的这幅字,警世醒人,是他的亲笔:

"我跟艾琳娜都认为,有些文献只是滋生出了仇恨,实际上没有多大的历史价值,也没有值得一提的新发现,反而让仇恨和敌对的原因根深蒂固。将这段历史公之于众,与其说是科研上的查缺补漏,倒不如说加深了宗教、派别、民族间的分歧。"

扎克里亚调整了一下坐姿,表明他接下来说的话更加重要,他补充道:

"我们打心底明白,你很清楚这个客观事实,我们夜以继日地研究,希望能妥善地处理好这些文献,脑子里冒出任何想法,都要深思熟虑一番。但事实上,我们一直被裹挟着走向那个唯一可见的出路,就是销毁它。"

自两人认识巴西里奥以来,第一次看到他脸上有了惊讶的表情,好像是块石头突然掉进了纹丝不动的湖面,激起了层层涟漪:

"听着,我们可能不赞同历史上的一些人和事,我们的观点或许大相径庭,这跟我们看问题的角度相关,也是时代使然,我们生活的年代,让我们接触到了不一样的信息。但这些都不能抹去历史客观存在的事实,我们对它的否定,就是违背科学研究的初衷。请允许我对你们的观点存疑,我需要听更多的解释。"

当然,巴西里奥对这个建议做出的回答,比两人想象得要温和许多,这也让艾琳娜有勇气继续讨论下去。她一边说着,一边在纸上记下些关键词:

"历史不仅仅是项科研工作,如果它失去了使用价值,就成了微不足道的灰尘。巴西里奥教授,这也是不容忽视的事实啊。如果历史像灰尘一样百无一用,那你是否也认同,这段历史是糟粕,只会让现在的世界更加分崩离析,适得其反,就像数学中的负数一样。"

艾琳娜说着,就在纸上画了一个长长的负号,有半行字那么长。

巴西里奥反驳道:

"正负值在历史事件里并不是绝对的,我们不能仅凭个人的文化、政治、社会觉悟,就妄下结论。今天对我们而言的负数,明天可能变成别人的正值,反之亦然。我们不能从自己现在的身份出发来评判历史。我隐隐担心的是,你们刚刚提议的时候,让我觉得不妙……"

他沉默了片刻,继续往下说:

"仇恨已经传染到了你们身上,这才是最可怕的。看看,你们现在变得多么狭隘,以暴制暴,像西斯内罗斯那样,他的邪气已经腐蚀了你们的大脑,如果这就是你们的方案,还干吗折腾想法子销毁文献,直接跟当年一样付之一炬得了。"

巴西里奥俯下身凑近两人,尽量装出凶巴巴的样子,沉着声音说道：

"我们何不在沙门，也办一场声势浩大的焚书，把文献全扔进去，看着熊熊火焰吞噬掉纸页，那得多开心！"

扎克里亚这辈子，头一回听到这样的答复，他毫无还击之力，一点都不像平日的自己：

"教授，真的非常抱歉，我似乎是邪气攻心，销毁文献真是一个愚蠢至极的想法，这不该从我俩口中说出来。"

艾琳娜有些局促不安，她毫无头绪地在纸上瞎写着，强烈的自尊只许她低声说出三个字：

"我也是……"

巴西里奥站起身，双手背在身后，在屋子里踱来踱去，心想：他跟自己多像，跟自己的想法简直如出一辙。他开口说道：

"当然，也不能说我没有过这番考虑，你们的想法我也有过，我不相信这些文献能带给我们任何有用的东西，至少接下来的百年内，它的实用价值不会有变。"

巴西里奥最后的坦诚相见，鼓励扎克里亚继续往下说：

"我跟艾琳娜曾经探讨过另一个办法，我们觉得可行。"

但扎克里亚打住了，他有意把机会让给艾琳娜，让她开口说点什么：

"或许菲拉特部长可以下令，查禁这些文献及其副本和译文，让文化部负责，将这些东西远离民众的视线。"

巴西里奥笑了，他回答说：

"我们兴许可以这么做，但说到底，又有什么用呢？菲尔特不可能在部里待两个世纪吧，谁敢保证新的部长明天上任后，不会取消对文献的禁令，这只是缓兵之计。我们不可预知未来的变数，只能兵来将挡，水来土掩。"

艾琳娜和扎克里亚的脸上写满了失望，巴西里奥则回到书桌前，整理了一些资料，他说：

"现在第五场研讨会应该快开始了，你们还有十分钟，可以去准备一下，随后跟我来文献室。"

两人下楼梯的时候，扎克里亚在艾琳娜耳边悄悄地说：

"看看，咱俩这是受了啥魔怔？"

艾琳娜使劲在他大腿上拧了一下，回道：

"既然一起受了魔怔，那就得下同一个火狱，这我倒是愿意。"

阿德莱走在狭窄崎岖的路上，总碰到碍脚的石子，不禁想到自己的人生也是如此。路两边的柏树，就像教堂高高在上的主教，自认为在为主道上的信徒遮阴避阳，却不过是执迷不悟罢了。

阿德莱从辩论厅走出来，因为长时间握笔写字，胳膊酸痛。他刚刚收拾完辩论厅，他习惯每次激烈的辩论结束后，留下来将辩论厅打扫一遍，把文献放回石架上，椅子摆到墙后，然后在土地面上洒上水，再两手空空地回家去。

夜幕初降，蝉声聒噪，阿德莱又有了一种空虚感，"世上有什么值得自己活下去"。他反反复复地在心中问自己这个问题，但从未想过，有朝一日能够对症下药。

在小路的尽头，阿德莱瞥到不高的土丘上有个坐着的人影，不用多想，那肯定是赛伯斯，他立马在脑中纠正了这个称谓。因为他知道哈利勒很讨厌别人用这个新名字呼唤他。

他俩之间无须寒暄,阿德莱径自坐在朋友身边,一言不发,只是随意玩着散落在两人面前的石子。

今天辩论厅决定关闭阿拜辛郊区的"信仰室",对于这一决定,两人不知该喜还是该忧,只是清楚从此西斯内罗斯可以在教堂里独揽大权,独断专行了。至于塔拉博里则去留成谜,他会继续召开新的辩论会,还是就此退出,以保留颜面,不得而知。

他们两人都清楚,关闭"信仰室"对塔拉博里意味着什么,这就是明摆着要夺走他在教堂内外的决策权。塔拉博里多年前一手创办了"信仰室",对此他倾注了很多心血。信仰室在短短数月内,一举成为该市赫赫有名的传教圣地。

这位德高望重的神父,每周都来这里做次宣讲,他能言善辩,而他忠诚的朋友"以东",很有语言天赋,负责把他的演讲翻译成阿拉伯语。这样一来,往往演讲还没结束,听众们就成群结队地到塔拉博里主教那里,希望在他慈爱的双手下接受洗礼。

今天西斯内罗斯在解释为何要关闭信仰室一事上,并没有多费口舌,只说了句:"个人的传教现已无济于事,我已请示了双王,可由我强制性集体宣教。"

阿德莱注意到,当塔拉博里听到这个消息时,出奇的平静。事实上他在伤心,因为除了接受别无他法。他甚至用一种近乎哀求的语气对西斯内罗斯说,可否将关闭此室的时间往后推迟一周,能让自己和信众们再见一面,告个别。但西斯内罗斯讪笑道:

"你何须跟他们作别呢？德高望重的主教，你的信徒可以到您家中做客，届时您跟往常一样，设宴款待他们，但别忘了，教导他们吃饭时注意坐姿。"

哈利勒看到两人脚底下的石头已经被泪水打湿，他扭头看向阿德莱的脸，后者不问自答：

"是呀，我的好朋友，我为我们的遭遇而哭，心地善良的塔拉博里被解除职务后，这座城市便再无仁慈之主。连坦达利亚公爵都说自己要辞去教管会的职务，从此专心务农。你跟我说，还能有谁，在这艰难的世道庇护我们，没有谁了，没有了。"

的确，如今的塔拉博里主教手无寸铁，不堪一击。他过去位高权重，一心维护城市的稳定和安宁。但双王把这些都抛之脑，如今决定让一个有勇无谋之人取代他。

其实，他当年就该料到的。做女王的忏悔神父时，塔拉博里就该明白，自己随时可能被取代掉。女王当年也是让西斯内罗斯取代他成为她新的忏悔神父。

他当时怎么都没想到，这会让西斯内罗斯有机可乘，让双王对他言听计从，自己的话反而变得刺耳。

哈利勒的胸口突然袭来一阵熟悉的绞痛，他再也无法压抑下去，低声哭了起来。阿德莱哽咽在喉，伸出胳膊搂住朋友的肩膀，两个同病相怜的人。

突然，远处传来了敲锣打鼓的声音，是过去婚礼上经常听到的旋律。他俩侧耳细听，好奇这声音究竟是从哪里传来的。

到底是谁如此胆大包天，竟敢在夜深人静时，按照摩尔人的传统来庆祝喜事。鼓乐把他俩带到了记忆深处，那时的快乐是不用瞻前顾后的。

眼泪还是没有要停的意思,但味道却没那么咸了。

哈利勒抓着阿德莱的手站起来,他的内心变得杂乱无章。

他想到了圆形呢帽①的舞动,便松开阿德莱,将双手举过头顶,沉迷在转圈的舞蹈中,不可自拔。不去理会忧伤,相反却以此来庆祝忧伤。

鼓声听起来更加律动,阿德莱的恸哭也一发不可收。

那儿不是婚礼,他们中有人要说些什么,关于快乐,关于幸福,或许是关于悲痛。

哈利勒的恸哭越来越大声,但他没有停止转圈,阿德莱也跟他一起转了起来,听从悲伤的呼唤。

往南飘着的乌云,突然也开始流泪,倾盆而下,落在了他俩的头上。

泪水来得更加汹涌,但他俩还是没有停下自己的舞蹈。

"至少试一次吧"

扎克里亚心中这么想着,瞅准时机去临时搭建的厨房找马特奥,这人每天早晨都会独自在厨房待一个小时,不慌不忙地泡杯咖啡,翻着自己最喜欢的报纸《伊勒碧斯》,不会漏过上面的任何消息。

扎克里亚觉得好笑的是,如果把报名中的碧字挪到伊字前面,就是阿拉伯语中巴黎一词,那得跟马特奥的气质多么相符。

---

① 指伊斯兰教呢帽,一种短而圆的帽子,穆斯林通常出于宗教目而戴此帽。

扎克里亚告诉自己不能再这么胡思乱想下去，他今天来是为了劝说马特奥，虽然明知这是不可能的，但起码要严肃认真地理论一番。

见到马特奥时，他正从咖啡杯中倒出白砂糖，他的气色很好，手下的动作干脆利落，喜悦之情溢于言表，扎克里亚在他身后低声说道：

"看起来，你今天早上心情不错啊！"

马特奥回头一看是扎克里亚，奇怪他怎么会出现在这里：

"我怎么可能不开心呢？昨天'信仰室'关门大吉了，这致命一击是迟早的事，西斯内罗斯主教已经大获全胜。"

扎克里亚径自拉出餐台前的第二把椅子坐下，面前放的是他带过来的一沓资料：

"昨天？这事已经发生五百多年了，真是奇怪，你今天才感到高兴。"

马特奥坐在扎克里亚对面的椅子上，俯过身凑近扎克里亚的脸，回道：

"是啊，这让我今天很开心，这世界上所有忠诚的基督徒，在几个月后读到这些报道时，都会笑逐颜开的。"

"你觉得凶手庆祝自己的罪行，还用天理吗？尤其是他还知道，有一天自己会被送上历史法庭。"

马特奥挑衅地看着扎克里亚，回答道：

"朋友，你听好了，不管你说什么，都不会破坏我的好心情，不过我得告诉你，这种胜利该写进历史课本，让大家记住，叛教者会自食其果，真理终将战胜谬论。"

扎克里亚站起身，打算先泡杯咖啡喝，自己选的这条路不好走，举步维艰，但为了最终的目标，还是要试一试。

他突然想到，可以在谈话的时候用些巴西里奥的套路，便从另一个角度重新谈起了这个话题：

"你知道，这些文献一旦传开，谁会是最大的受害者？其实是枢机主教西斯内罗斯，不仅是他，教堂上下都会成为众矢之的。"

扎克里亚把咖啡杯放在桌上，马特奥显然觉得这段说辞子虚乌有，但也没有阻止他继续说下去：

"你想让这些文献告诉我们什么？我们现在是二十一世纪，人权至高无上，你觉得文献除了说西斯内罗斯被仇恨蒙蔽了双眼，连教堂的温和派都进行打压，假借上帝之名，进行烧杀抢掠，还能告诉我们什么呢。当你听到科普人在利比亚的赛尔特海岸被屠杀时，你还记得你当时的感受吗？试着回想一下，当时你心中是不是怒不可遏，日后读到这些文献的人，也会有同样的怒火，不仅是穆斯林、犹太人如此，基督徒也会义愤填膺。所以将文献公之于众有什么好处呢，只是重新洗牌，旧恨变新仇罢了。"

马特奥的眼中闪烁的恨意熄灭了，扎克里亚便继续往下说：

"我不想从我现在的立场出发，来评判历史，或许发生的都是必然之事，为了推动历史向前发展。但无论如何，这不意味着，我会袒护这段历史，会接受自己生活在其中。历史是循环的轮回，我们做的无非是角色互换。马特奥，相信我，我们需要一个异常清醒的时刻，停止将仇恨传递下去，这才是我们要做的！"

马特奥一脸震惊,显然他从未有过这样的认知,他克制住内心的万千思绪,说道:

"你说这些有什么目的?你到底想怎样?"

"我不知道,我真的不知道!我跟艾琳娜关于这个问题探讨了很久,却一无所获。我们接下来任重道远,但同时也是机遇,干些不同寻常的事。我们异常清醒的时候,总相信能在某个地方实践所思所想,或许现在就是我们行动的时候了。这也会是一个很大的考验,得所有人一起努力,尽快找到出路。马特奥,我真的很希望你能加入我们,我知道这对你而言并非易事,我理解。但我只求你试一下,试试就好。"

扎克里亚从椅子上站起身,准备离开了,但在走之前,他把桌上的那一沓资料推到马特奥面前:

"这是第十九卷宗的英文翻译,我前几周一直在准备这个。我知道这种努力是无望也无果的。用这门语言来翻译卷宗,就像是在水上写字。但我希望在开最后一次大会最终表决前,你能认真读读,读的时候别忘了提醒自己:'这里哈利勒和他亲人的遭遇,如今正在东方的基督徒身上重演,罪魁祸首是所谓的伊斯兰国。今后也可能在世界上的某处,再次报复在穆斯林或者犹太人头上。'想想看,我们需要一个清醒的时刻,但怎么才能做到呢。记住:'那个终止角色互换的时刻。'"

第十章　第十九卷宗

此文笔者哈利勒·欧塞尼,何许人也?其父阿卜杜勒·拉赫曼为真理献身,祖父易卜拉欣·欧塞尼,是格拉纳达大名鼎鼎的造纸商。

我的信仰是纯正的伊斯兰教,我谨遵圣洁先知的教诲,他佑护我和所有的穆斯林,他是忠诚可靠的先知,他就是穆罕默德·本·阿卜杜拉·本·阿卜杜勒·穆塔利·本·哈希姆。

我写下这份手稿,是恳求真主允许我,审判日的时候,让我把它放在右肩上,以证明鄙人一生坎坷,亲人惨遭欺压。希望至高至上的真主,怜悯我这个已死之人,若我生前犯了错,海纳百川、宽大为怀的真主,希望我的过错能够被你原谅。

我的故事,是出人意料的,若非发生在我身上,身心长期受到煎熬,我真不敢相信这种事可以发生在人的身上。

我亲眼看见,我年迈的父亲,阿尔拜辛出了名的老好人,被钉死在十字架上;我清白无辜的母亲,法蒂玛·娜白薇叶,被迫害至致死,倒在父亲的脚下,身上尽是父亲的血,和那血的味道。

我目睹了手足分离、颠沛流离，我知道什么叫至亲四海八荒地漂泊，寻找藏身之处，但没有哪条路可以通向想象中的避风港，从此安宁度日。

我知道什么叫倾家荡产、藏书被烧、店铺倒闭。天大地大，却无路可走，除了死能摆脱贫穷和痛苦外，别无他法。

主啊，请原谅我！恶魔一直在我脑中挑唆，我不知想过多少回自杀，又有多少回受到易卜劣厮①的唆使，想手刃血亲，或纵火烧死他们，来结束他们的苦难，终止对这艰难世道的恐惧。

我会想起从前的静好岁月，却徒增悲伤，心如刀绞。曾经的欢乐像是个帐篷，把我们笼罩在其中。

那时我父亲的造纸生意做得风生水起，生活富足，我们也成了市中显贵。我们那时生活在祖传的老宅里，一家人相亲相爱。我们对老天的眷顾，一直心怀感激。

那段无忧无虑的时光，像是很久前做的一个梦。我是被三个姐姐宠着的幺弟，整天穿个白大袍在院里的池子边玩耍，最爱玩水，还有一群麻雀做伴。

父亲从店中忙完回到家，我们在院子东厢房的地方铺个四四方方的毯子，上面摆满各种好吃的水果和甜点，我们围着父亲坐下，听他讲白天的见闻，阿尔拜辛市场那些奇闻趣事。

如果晚上恰好有三亲六故来家中做客，父亲就会讲起伊本·舒黑敦·艾什扎义②的《果树》一书，给我们读里面好笑的趣事，我们捧腹大笑，眼泪都笑出来了。

---

① 易卜劣厮为伊斯兰教中的魔鬼。
② 安达卢西亚的大诗人，诗作多为调情诗。

或者父亲站在院中最显眼的位置，给我们朗诵伊本·塞荷纶[①]的诗：

> 大地换绿装，
> 细雨润如玉。
> 百合吻玫瑰，
> 冰肌透颊红。
> 小河丛中过，
> 宝剑出绿鞘。

当父亲朗读到伊本·路西德·赛布提的《麦加的默示》时，困意便不自觉地袭来，这时大脑中就会浮现出大自然的山川河流。

这就是我习以为常的日子，我大些后，父亲常常带我去他的店铺。

主啊，那段时光妙不可言，我每天都能学到新的东西。

比如某天我跟父亲做伊拉克墨汁，先将白头翁放进长颈瓶中，再装进马粪压实，然后把它埋到店铺的地下面发酵。

两三天后，马粪大显神威。我小心翼翼地挖出来，像在挖阿拉丁埋藏的宝藏。

这时白头翁被分解成水状的物质，我们把纸烧成灰，放在一起混匀了，再铺在地面上，等着风干。

同时，我们在厨房的长桌上，摆上准备好的阿拉伯树胶、筛过的发酵物和蛋白磨成的粉。

[①] 安达卢西亚的诗人、作家，生于1208年，辛于1251年。

虽说每条巷子都有造纸商,但只有阿卜杜勒·拉赫曼·欧塞尼会做伊拉克墨汁,且永不褪色。所以穆尔西亚[1]和丹吉尔[2]的商人纷纷慕名来采购。

装墨水的瓶瓶罐罐在展柜上摆得整整齐齐,像军队的方阵一样。要是有人走进店铺,一定会看得目瞪口呆。红宝石色的墨水是用浸泡了藏红花的水发酵而成的。装在瓶子里铅墨,铜绿混着血竭,金光闪闪,装进瓶子里像炼丹师价值连城的长生不老药。我有时看见父亲站在展柜后,给卡塔赫纳[3]来的商贩们展示深蓝色墨汁。这种墨汁的神奇之处就在于,白纸上写出来是黑字,黑纸上写就变成了白字。顷刻间惊叹和叫好声不绝于耳。我当时正在厨房挑拣从沙姆新到的一批煤球,从中筛选上乘的用来做墨汁。

展柜里、桌子上摆满了文房四宝,许多笔和墨盒都是从未见过的。

笔的种类繁多,有图马尔笔[4]、羽毛笔、尖头笔。墨盒也是形状不一,装饰多样。有的是用乌木做成的,有的是用上好的檀香木做成的。

我永远记得父亲是多么宝贝这些东西,那套御用笔盒,里面装了七支笔,是用象牙打磨而成的,这是镇店之宝,只有位高权重的顾客来时,父亲才舍得拿出来示人。

最期待的就是每周四从父亲那领一周的酬劳。要么是明矾做成的橡皮,质地轻薄;要么是只羽毛笔,用鹰翼上的羽毛加

---

① 位于西班牙东南部地中海沿岸。
② 位于摩洛哥北部,与西班牙隔海相望。
③ 西班牙穆尔西亚自治区的一座城市,位于地中海沿岸。
④ 一种专门写阿拉伯书法的笔。

工而成；或者是黄鼠狼毛做成的染色笔。日积月累，我家中的房间都成了个小小的文具店，我很喜欢跟我的兄弟姐妹在里面玩，我扮演文具商，他们是顾客。

我们经营的店铺，常有格拉纳达的王侯显贵光临，也有塞维利亚①和科尔多巴②最负盛名的诗人惠顾。打烊后，这里便是我最喜欢待的地方。

我当时年幼，尚未学会认字，连字母都念不好，父亲就从他的藏书里每周取出一本，送给我作为这一周的酬劳。父亲在店铺里的厨房装了个书架，铺了毯子，可以让我每天晡礼过后，坐在上面读些通俗易懂的书。

日子过得风调雨顺，我不记得为何，也不记得从某时起，幸福的桥开始一座座坍塌。

但那肯定是我娶了耶玛麦之后的事。当年我们的婚礼高朋满座，载歌载舞庆祝了七天。紧接着，我父亲家又迎来了个小女儿，三位姐姐嫁得虽近，但家中却总是空落落的，好在小女儿的到来弥补了这份空缺。

婚后的头两年过得幸福美满，每年都有个小丫头出生，我们也成了六口之家。

不苟言笑的父亲有幸去天房③朝觐④，洗净了身上的罪孽，

---

① 塞维利亚现是西班牙第四大城市。
② 科尔多瓦现是西班牙安达卢西亚自治区的一座城市。
③ 又称克尔白，是一座立方体的建筑物，位于伊斯兰教圣城麦加的禁寺内。克尔白是伊斯兰教最神圣的圣地，所有信徒在地球上任何地方必须面对它的方向祈祷。
④ 指的是伊斯兰教徒到麦加的朝觐，是伊斯兰教的五功之一，每一个身体健康且经济情况允许的穆斯林，一生中必须朝觐一次。

平安回来后，就成了哈吉①。颐养天年的母亲对谁都是慈眉善目。我和妻子耶玛麦，还有两个女儿：翡翠和婷婷，一家人其乐融融。

日子就这么愉快地从我们身边一笑而过，直到大难临头的那天。

长达数月的围城，那段日子又长又煎熬，除了恐慌和潦倒，我们一无所知。

双王带领的卡斯蒂利亚大军已兵临城下，犹如公牛的两个犄角对准了格拉纳达，铆足劲撞着这座已经血流不止的城市。

市场萧条，粮仓关门，就连曾经家家户户都畅饮无阻的水，如今也稀缺无比，没有门路买都买不到。

攻城的人不满足于此，他们放火烧了城郊的葡萄园、橄榄树林，砸掉了所有发现的磨坊，捣毁了粮仓，切断了一切会流经城内的溪流。

我跟哈吉父亲整日愁眉苦脸，很少再去店铺，店铺门可罗雀，根本没有生意可做，只有一些杂货商和屠夫还能勉强开张。就连理发师，说到这儿，你肯定会同情他们的际遇，个个上街求那些三三两两的行人来店里理发，只收他们四分之一的钱。

不管走到哪儿，都是人心惶惶，这个城市将何去何从，大家都在观望着。

这只是一方面，另一方面的不堪就是饥饿。

曾经的我们，烹羊宰牛宴请宾客，山珍海味从不吝啬。谁

---

① 为阿拉伯语音译，意为"朝觐者"，是对曾经前往天房朝觐的穆斯林之尊称。

能料到，如今却是家无可炊之米。

我们开始精打细算，省着积攒的杏仁和橄榄过日子。到后来决定一天只吃一顿饭，坐在餐桌前的我们，一个个垂头丧气、沉默寡言，像在参加某人的葬礼。

再看餐桌，上面铺的还是绣工精美的桌布，我们带着珍贵的回忆，坐在四周，等着母亲和耶玛麦会从厨房端出来什么。

每一次，要是碗里的哪种谷物少了些，心里就多了份忧伤，因为我们知道这种谷物快吃尽了。

当我看见两个小女儿，翡翠和婷婷的时候，心如刀绞。她们不知道，曾经我过的生活是何等锦衣玉食。但她俩生在了一个食不果腹的年代。

她俩无忧无虑地在院里玩耍，根本不明白外面发生了什么或将要发生什么。我总在心里反复念着麦阿里[①]的那句墓志铭：

吾父将生强加于我，我却不忍再强加给他人。

饥饿让城里的人狼狈不堪，争先恐后地上街宰杀流浪的猫狗，烹之为食。一些骑士迫不得已，杀马以果腹。

听说苏丹艾布·阿卜杜拉在宫中跟家眷随从照旧是华衣美食，我们痛心疾首，他的黎民百姓在贫穷和饥饿的剑下苟延残喘着，他们却不当回事儿。

饥饿不是伸向我们的唯一利爪，整座城里开始蔓延一些说不出名字的怪病，无人能治。在街上走路摇摇晃晃人，不是喝醉了酒，是因为饥肠辘辘、病入膏肓。

人们开始窃窃私语，议论着一个不敢公之于众的愿望：双

---

① 麦阿里（973—1057），阿拔斯时期的诗人、哲学家、语言学家。

王的军队快点攻下格拉纳达，早日结束这场劫难。

结果一语成谶，伊历897年三月的第二天，阿尔罕布拉宫内一声炮响，宣告了这座城市的沦陷。费尔南多国王的银制十字架，高高挂在宫殿最高的阁楼上。

年幼的苏丹带着家眷和骑兵，还有装不下的金银珠宝，逃往山中，双王承诺，只要交城，便允他占山为王。而剩下的人则被留在了水深火热之中。

之后的三个月，百姓整日忧心忡忡、踌躇观望着。渐渐地我们开始到集市上去，一些商铺重新开张，但这不包括我们的生意。格拉纳达沦陷后，谁还敢明目张胆地表达对阿拉伯语及其著作的钟爱，世态变了，谁还有心思用阿语写书，或是读阿语书呢。

数月来，我们在店里唯一做的，就是替那些趋炎附势的商贾，写些令人作呕的贺信，以便他们寄给双王，恭贺两人成功攻城，日后愿效犬马之劳。

我父亲很清楚，这些信根本进不了皇宫。这可是用阿语写的信函，双王对穆罕默德的语言厌恶至极。即便送进了宫，也不会得到任何重视。

一些阿谀奉承的人不会就此罢休，他们继续寄信，甚至寄到了卡斯蒂利亚，且极尽奢华之能事，把贺信用金色的墨水，写在最贵的皮子上。

我跟父亲拿钱写信，心里却在苦笑，他们写的是一派胡言。

但没过多久，便遇上灭顶之灾。新的当权者设计让阿尔拜辛市场的商人和市中有名望的人纷纷落入圈套，以此来摆脱他们。

造纸商阿卜杜勒·拉赫曼·易卜拉欣·欧塞尼哈吉首当其冲。

那是斋月里的一天,皇宫士兵突然包抄了我们商铺,将我父亲五花大绑,押至监狱。

我们尝试了很多次,想要去狱中探监。想了不少法子,给狱卒送礼,只想知道我父亲的情况,但都是一场空。

唯一确切的消息,不是从他们那听到的,而是口耳相传,说我父亲罪不可恕,从今天起,怕是出不来了。

并不只有我父亲一人受此磨难,数十位阿尔拜辛市场的大商人,都被关在牢中,他们犯了什么过错,没有任何说法。这就是所谓的赶尽杀绝。

两个多月后,教堂贴出了罪状书,审查官的矛头直指我无辜的父亲,我们不敢相信我们看到的,所谓的累累罪行都是我们不敢做的。

他们指控我父亲造谣生事,给埃及苏丹卡伊特拜[①]写了份长长的求救信,抱怨格拉纳达的穆斯林苦不堪言,受到教堂牧师们的压迫。

他们胡编乱造,说我父亲向埃及苏丹描述,科菲基[②]打下的江山,穆斯林却备受欺凌,请求苏丹率大军,收复格拉纳达和整个安达卢西亚。

不只如此,他们还捏造了另一项罪名,说我父亲挑唆阿

---

① 埃及马穆鲁克王朝国王,生于1416年,辛于1496年。
② 阿卜杜勒·拉赫曼·科菲基,阿拉伯军人,安达卢西亚埃米尔,曾率军征服了伊利比亚半岛的绝大部分。

尔拜辛的名流显贵，资助山中的叛军，为他们筹钱来买枪支弹药。

可怜我的笔了，它都没有勇气描述接下来发生的事情。我的笔墨，因为好人无辜受难，被吓得魂飞魄散。

父亲啊，我的泪是深沉的墨水，我对你的吊唁是写字的笔，我的主，他再清楚不过，你遭受的磨难，你身上流着血，一点一点地死去。

你死后我们的生活算不上生活，到处满目疮痍，我看见母亲在你的脚下号啕大哭，直至死去。

你所有的藏书被没收，你这辈子引以为傲，视为珍宝的书，被统统查封，架子上一本不留。我们的店铺被砸，里面的文房四宝被抢得干干净净。

我唯一能做的，就是把那副装有七支笔的御用笔盒悄悄藏起来，那是你的至宝。我发誓，不管流落到哪，在哪扎根，都会带着它，那是我珍贵的回忆，可以让我想起亲爱的你。

拮据的处境让我身心俱疲，没有店铺后，我找不到任何养家糊口的生计。

军官和教堂权贵不放过任何可以威胁到我的机会。

他们说我是叛徒，因为我是叛徒的儿子。只有我跟父亲一样，受到惩罚，主的愤怒才会平息。

我不敢再去市场，没有人敢雇用我，哪怕是在果汁铺或橄榄店当个打杂的伙计。

我的朋友阿德莱宅心仁厚，他带我去了"信仰室"，劝我去找塔拉博里主教，称自己愿意皈依基督教，走耶稣指引的正道，即便只是口是心非地说说也可以。

他对我说：塔拉博里是位仁慈的主教，他会为你敞开双臂和胸怀，会像之前对他自己那样对我。

我没得选，照做了。为了保全老婆跟两个女儿不再忍饥挨饿。我别无他法，我这么做，是不想让他们饿死街头，或是死在仇人的刀下。

主啊，我还是做错了。我知道你宽宏大量，会感受到我的真心，体谅我的处境。

主教接受了我皈依基督教的请求，赐给了我那个粗鄙的新名字，让我在教堂当差，成为他信徒中的一员，跟其他侍者一样，可以领到供品和奖赏。

但是我的主，我无法再自欺欺人下去，我的心承受不起谎言之重。国家没有了她的子民，我的朋友一个个都离我而去。

他们有的上了山，做了绿林好汉闹革命。有的则南下漂洋过海，逃到了马拉喀什①和其他伊斯兰国家。

这两条路，我没有喜欢的，只能坐以待毙。

我想过上山，成为一名浴血杀敌的战士，保卫伊斯兰的土地和穆斯林的家园。但我的心又软了下来，始终放不下我的妻女，我走后该把她们托付给谁呢？我又是个讨厌打打杀杀的人，见到血就恶心。

为此，我最终决定远走他乡，我也明白，此行路途险阻，或命丧途中。

在我们之前，已有很多人为此丧命，但我们已别无他法。

西斯内罗斯性情暴戾，利剑在手，挥到哪是哪。

---

① 现位于摩洛哥西南部，坐落在贯穿摩洛哥的阿特拉斯山脚下，有"南方的珍珠"之称。

  他的那把剑快挥到我脖子了。如果他没有发现我和妻女的秘密,如果他知道我是塔拉博里的门生,在塔拉博里的指引下,探索着基督正道,并信以为真就好了。

  临行的那天破晓之前,我跟耶玛雅,两个女儿会踏上南下的征程,向那个一无所知的海走去。从此背井离乡,做个彻头彻尾的异乡人。我要把这份手稿埋在这里,这片我终将离去的土地。愿我走了以后,会有人读到,知道我此生的坎坷。

第十一章　安达卢西亚的诅咒

西斯内罗斯主教心中暗自高兴，因为自己对面的座椅一直空着。坦达利亚公爵把椅子从会议桌前搬走，但西斯内罗斯坚持让他把椅子重新放回屋子中央。

这次辩论会已经往后推迟了两次，第一次是因为出了意外，众人悲痛交加。那天坦达利亚第一个到了辩论厅，却发现阿德莱吊死在门口的一棵柏树上。

第二次推后会议，是因为塔拉博里没有按时与会。坦达利亚公爵解释说，主教只是因为身体抱恙，所以不能与会。西斯内罗斯便决定再给他一次机会。

哈利勒疑惑地打量着坐在西斯内罗斯旁边的这位新译员，他接替了阿德莱的位置，一个头大身子小的年轻人，身上的衣服破破烂烂，像是不堪重负的马鞍。

他脑海中浮现出阿德莱的脸，想起那晚两人同病相怜的场景。他们在雨中跳舞直到浑身湿透，他们朝河边奔去，漫无目的地游荡，一直到深更半夜，耳边都是蛙的鸣叫和树叶的沙沙声。

他俩谁都没有多言,一切都心照不宣。他们无声地交流着那无休无止的苦痛,对已逝岁月的朝思暮想和当下贫困潦倒、食不果腹的哀怨。没有号啕的痛哭,泪水却顺河流而下。

哈利勒如今心痛如绞,他后悔那晚没有抱一下阿德莱,没有紧紧把他抱在怀中,他的好朋友那时该多么需要一个安慰的拥抱。

那天当他赶到现场的时候看到,公爵跟恩里克正努力把吊死在树上的阿德莱救下来。

震惊不已的他,双腿发软,瘫坐在地上,动弹不得。正在高处解绳索的坦达利亚并未开口找他帮忙,自视正义的恩里克责备他在一旁磨磨唧唧,不来搭把手。

当阿德莱的尸体砰的一声落在地上,他慌慌张张地跑过去,死死盯着那张脸。那张脸在笑,是种发自内心满足的笑,他之前从未见到阿德莱这么笑过。而这张笑脸让他此刻的心发凉。

西斯内罗斯的目光巡行在坐在他身边的三位译者身上:

"很显然,尊贵的塔拉博里主教已无心参与我们的座谈,我要记下他的缺勤,这是公然违反双王的规定。

我宣布今天是我们辩论厅最后一次召开座谈,之后再集会讨论没多大意义,我跟神职人员已经达成一致,教堂管委会承蒙天恩,将公正开明地治理这座城市。"

紧接着他看向坦达利亚,中气十足地说:

"明察秋毫的公爵,从现在起,我想要你发挥更大的作用。请命你的侍卫随从听候教堂管委会的号令,你将成为军事委员会的左膀右臂,严打每一个叛教者。"

对于枢机主教提出的要求,公爵并未表现出多大的热情,而是支支吾吾地回道:

"主教,您也知道,现在地主的处境堪忧,状况百出。您知道,我花了很多时间打理我的农田。重压之下,我担心自己无法胜任这份新差事。我看您还是另寻高人吧!"

西斯内罗斯很了解如何柔声细语地去威胁一个人:

"土地是上帝的,权力是双王的,我们只能唯命是从。如果老天不高兴了,风不调雨不顺,于我们庄稼何益,到时谁能保得住我们的地?"

"您到底想要我做什么呢?"

枢机主教指着三位译者,让他们仔细记下他接下来要说的话:

"我们必须采取铁腕政策,以往的柔声细语已经不能传达神的旨意。如今教堂管委会决定,开始强制传教。"

"公爵,从今天起,你奉命带兵,跟教堂派出的代表们并肩作战。我们要将市里现有的清真寺全部改为教堂,钟声昼夜不停,宣读《新约》。

"从周日起的每场礼拜,我们都将举行庄严的传教仪式,尽最大可能让每个异教徒都能皈依包容的基督教。"

西斯内罗斯进一步阐述他的新指令:

"首先你要训练你的士兵如何监管市场,从现在起,教堂不想再看到羊是从脖子处被宰杀的,不想再听到异教徒穆斯林们念邪门的咒语①。在肉铺密集的地方,你的手下和教堂派出的代

---

① 此处的咒语实则为清真言,伊斯兰教规定穆斯林宰杀牲畜时必须念清真言和《古兰经》的经文。

表每个早晨都得守在那里，屠户们只有你们在的时候，才可以宰杀牲畜。教堂的眼线将撒在各处，以确保一切都按照教堂的指示进行。

另外你需要注意的是，周五的买卖不能停，谁敢关闭店铺，就等着受牢狱之灾，在城堡的监狱里受刑吧。

每个新入教的基督徒，每到周五都要敞开房门，接受监督，保证从早到晚，里头没人做伤风败俗的聚礼。"

坦达利亚掩饰不住一脸的担心，他生平头一回打断枢机主教的讲话：

"主教，且慢，我们真的非得这么做吗？您觉得摩尔人会心甘情愿地接受基督化吗？那些山中的匪徒蠢蠢欲动，当我们行动的时候，难道不该对他们有所忌惮吗？"

枢机主教站起身，他把身上的亚麻外衣在腰间裹紧，表明意已决：

"谁敢拒绝改信包容的基督教，他就得离开上帝的土地，大海为他们敞开。这是双王的决定，我们只能奉命行事。至于剿灭山贼，那是你的分内之事，你可是英勇的战士，教堂管委会特命你制定出剿匪的方案。"

可见西斯内罗斯此番举动并非临时起意，而是策划已久，找到了一些法令做后台。坦达利亚左右为难，不知如何是好，还想继续辩驳，无奈只能听枢机主教接着往下说：

"而新信教的基督徒，不许他们再有所欺瞒。我们不能掉以轻心，让他们在虔诚的基督徒中浑水摸鱼，除非我们确定了他们是虔诚的。从今日起，不管他们走到哪，市场、花园还是家里，他们都不能脱下身上的教衣，直到教堂确认他们行为端正为止。"

这便是西斯内罗斯一锤定音的话，逼着阿德莱上吊自杀的祸因。

恩里克和初来乍到的翻译看向枢机主教，等他接下来的吩咐，而哈利勒的眼睛不敢离开本子，他怒不可遏，两眼充血，要是这血能扑灭这场诅咒就好了，不然的话，就推波助澜，让火燃得更烈，吞噬掉一切，一切的一切。

"真的要提前收工吗？不能这么草草了事吧，还没讨论出最终方案来呢？"

艾琳娜坐在会议桌前自己的位置上，满脑子都在想这些。

上次的会议，不知为何变得一团糟。巴西里奥一周多来都缺席会议，突然间宣布两位部长菲尔特、柯赛·拉萨尔将出席下次会议，引得大家议论纷纷。

扎克里亚头一回西装革履地走进会议室，穿着黑西服，打着红领带。

艾琳娜注意到他脸上的表情，是说不清道不明的复杂。等他在自己身边坐定后，艾琳娜凑到他耳边低声说道：

"难得优雅了一回，怎么一脸愁容呢，你今儿是来吊唁的吗？"

扎克里亚尽量压低声音，不想被马特奥听到，此人正坐在另一边整理资料：

"我觉得事情都结束了，今天将是我们在这里的最后一天。"

这突如其来的一句话让艾琳娜难以自控，她不禁大声回道：

"不，不可能，怎么会这样呢！就算他们决定结束任务，也不会是我们待在辩论厅的最后一天！"

她的这一声吼，让马特奥猛地从手里的活中抬起头，望向他俩。

这是第一回，他的目光是亲近、和解的，带着友善的，他对着两人说：

"此次例会非同一般，两位部长都亲临会场了，尽管咱还没讨论出最终方案！"

扎克里亚却以问作答：

"你读那些资料了吗？"

"嗯，我为此跟巴西里奥教授谈了很久。"

他的这句话说得铿锵有力，并未做过多的解释。扎克里亚便扭头对艾琳娜说：

"我绝不接受，事情的发展没有按照咱们的设想来。他们应该知道，从这里出去后，我不会保持沉默，这里的不公我将广而告之。他们别想颠倒黑白，任意妄为。他们既然跟咱们签订了合同，最终决议就得考虑到咱们的意见，否则的话……"

巴西里奥和两位部长的到来，打断了扎克里亚的滔滔不绝。部长向众人问好后，在各自的位置上坐下。但菲尔特部长把上座留给了巴西里奥，他开口说话前，目光一直在三位专家之间徘徊：

"我希望你们在辩论厅都住得开心，趁着这个好机会，好好了解一下格拉纳达，这座城市很特别，绝对不容错过。"

艾琳娜回道：

"可惜整日提心吊胆的,玩的兴致大打折扣。从我们来执行任务的第一天起,行程就被安排得满满当当,请允许我以小组的名义说两句,对于压缩执行任务的时间,我们毫无怨言。真正担心的是,还没写出刚开始布置的两份报告,今天就要跟您一起开会了。"

菲尔特会意一笑:

"首先,你们得知道,巴西里奥博士基本上每天都向我们汇报进展,我们也能实时了解到你们的研究情况,你们展开工作的同时,部里也有个小型的研究组,专门跟进你们研讨会的成果,最后也要写出一个全面分析文献的报告。"

马特奥语气坚决地说:

"这也于事无补!你们不过把我们当幌子,最终的决定还是得顺着你们的意思来,根本不在乎我们的观点,这真是令人寒心和蒙羞啊!"

巴西里奥反驳道:

"马特奥,别冲动!你说的这些都没有发生,即便事实正如你所说,那我也是首当其冲。我绝不许你们在这里的工作被别有用心的人利用。"

随后他示意菲尔特继续往下说:

"每次任务,都会有些新状况,得考虑到。众所周知,你们现在正在做的事情比较特殊,我们起初也预料到,此项任务必是状况百出,对此若没有充分的准备,只会让我们的努力付诸东流。为此,我才决定同时设立另外一个研究组,巴西里奥教授也是其中的成员,而且是得力干将。"

菲尔特向部长助理柯赛·拉萨尔点头示意,后者从座位上

起身,走向白板,画了条横向的时间轴,一分三段。他指着最接近终点的那一段:

"准确地说,这个节点是开完第五场有关'信仰室'的研讨会后,你们中产生的一些新变化,艾琳娜和扎克里亚深知,将文献公之于众将毫无意义,必须让它不为人知!"

接着柯赛指着这一节点前的时间段:

"分析得知,两位在此之前,一直对文献中流露的仇恨耿耿于怀,巴西里奥教授也感同身受。部里的研究小组,此前决定不去干涉事情的走向,并且一致认为,采取任何决定前,都得征得诸位的首肯。马特奥曾经所持的观点跟艾琳娜和扎克里亚恰恰相反,他认为不但要将文献公之于众,还要引起媒体的足够重视。按照之前达成的意见,没有全票通过的决议,仍需再议,也就是说艾和扎两人的努力差点要以失败告终,结果却发生了一个重大的改变,巴西里奥教授告诉我们,马特奥的观点发生了转变,他也认为必须将文献雪藏,不得让世人知道它的存在。"

话毕,艾琳娜和扎克里亚都一脸震惊,惊讶中又掺杂着疑惑和喜悦。

菲尔特部长接着说下去,他注意到大家的愁容已散:

"那时我们便开始研究对策,我们本来坚持让大家一直留在这里直到任务结束。我们的会议桌上摆满了各种各样的建议,不管是纸上谈兵的理论,还是实实在在的方法。首先,需要再把这些文献埋回去,交由后世来评判。但这种行为显然违背了科研的精神和理念。继而我们研究了第二种方案,把辩论厅改建成博物馆,在里面展出的文献,内容不允许外泄。但我们担心，此举会引起专家学者的更大好奇，对这些文献的追问层出不穷，请求揭晓内容的呼声越来越高。此行不通。第三个设想就是把它封藏在部里，我会下令，禁止查阅这些文献，但你们知道，这只是权宜之计，结局难料。这位部长下达的命令很可能被接任的新部长取缔，因此，这个方案的风险不亚于前两种。但幸运的是，巴西里奥教授提出了一个出人意料的方案，既能实现我们的初衷，又没任何风险。"说着他的脸上露出了感激的笑容："来，教授，跟我们谈谈你的提案。"

巴西里奥随即抽出了一张纸，举高给大伙看：

"部长，您也知道，这已经不是提案了，盖过章了，这可是一项生效的决定了。"

他指着页尾的彩色印章，立马变得官方正式：

"皇家下令将文献封存在皇家内阁中，并禁止查阅。

"有了这项决定，文献将被送进皇宫保存，不会再被世人知晓。高风亮节的诸位，你们想隐瞒它的存在，如今愿望实现了。"

三位专家淹没在突如其来的幸福当中，喜不自禁。艾琳娜首先鼓起了掌，扎克里亚和马特奥反应过来后也跟着鼓掌，两位部长受气氛的感染，于是掌声听起来更加浓烈。

当掌声和谈话声渐息时，扎克里亚抢先问道：

"但我们在辩论厅待过的这件事，要怎么办？任务真的都结束了吗？"

巴西里奥回答道：

"是的，都结束了。今天下午，我们就离开此地。完成交接以后，这里就由皇室内阁负责，并开启转移文献的环节。但在此之前，我还得强调，一些规定我们必须得谨记。首先这几周在此发生的一切，我们都必须对外保密。不要忘了，任务开始之前，我们每个人都签署了保证书，承诺绝不泄密。第二点，我们中的任何人，包括我自己和两位部长，都不得从这间屋子带走任何一张纸。这些跟文献属同一保密级别，也会一起移至内阁。"

艾琳娜顿时脸上有些不悦，她问：

"什么都不能吗？"

巴西里奥回道：

"是的，什么都不能带走，除了你们的回忆，但也希望不要拿着跟外面的人分享。"

马特奥说道：

"教授您就开门见山地说，这几周的时光，要从生命中抹去，权当没活过。我压根不觉得以后还有机会相聚一堂，来回忆往事。"

巴西里奥说：

"这么说对你何益呢？"

接着他笑着说：

"若真有机会，大家可以再聚，也是咱们阵营的另一收获了。"

众人哄堂大笑，马特奥也不例外地笑了。

巴西里奥接着说：

"说实话，真的，最好忘了这次的相遇，就当它从未发生过。我在你们身上看到了闪闪发光的精神，只希望你们一直记得它，正因为有它，我们才取得了今天可喜可贺的成绩。最后，还有两件事要告知大家，也不知道这对你们来说重不重要。坦达利亚的住宅将改建成文明对话交流中心，不同宗教信仰的领军人物，会定期展开会面和交流。"

最后巴西里奥笑了，打趣道：

"还有，要是哪天，你们跑到内阁去打听这些文献，应该说，你们胆敢这么做的话，记住它被归为一档，名叫'安达卢西亚的诅咒'。"

当艾琳娜正打包行李的时候，扎克里亚突然出现在眼前。他看见艾琳娜的房门敞开着，就知道她和自己一样，想彼此单独待一会。

她看起来精疲力竭，做起事来很不耐烦。他不需要鼓多大的勇气，就从身后拥她入怀，在她耳边低语：

"我们要分开了！"

她转过身，颤抖着掰开那双握在她腰间的手，眼里两颗硕大的泪珠摇摇欲坠：

"你在我这还想干什么？"

他理解她此刻的心情，便冲着她笑着说：

"什么叫还？当然没什么了，我刚刚只是想跟你说，我……"

她歇斯底里地打断他，泪珠已经滑落在脸颊：

"别，别说，现在你说什么都没用了。"

她转过身去，不想直视他的眼睛：

"你现在说的话，都将变成回忆，我从这里要带走的回忆已经够多了，特别是从你这里的。"

"求求你,艾琳娜,不要把脸背过去,这让离别更伤人。"

艾琳娜回应了他的哀求,只见她因为生气涨红了脸,粉粉的,像成熟的果实,却无人采撷。

她的言语中充满忧伤:

"我相信安达卢西亚的诅咒在咱俩这里并不管用,起初两看相厌,如今却完全是另一码事了。你不觉得,我们可以把仇恨埋藏在这生厌之所,算得上是件壮举吗?前几日,我们也用自己的方式庆功了。"

她无力地瘫坐在扎卡利亚面前的椅子上,涣散的目光却不曾远离他的双眼:

"但现在看来,我曾经以为的不过是假象。恨和仇完全是两码事,一方压倒另一方,并不代表着胜利。仇不受我们意志的左右,远不是我们能决定的。它牵扯到许多人,我们无法仅凭个人的意愿来泯灭旧仇。那是集体的意志,我们能做的甚少。扎克里亚,你或许是这群人中唯一一个,没有给我机会,让我再次看到什么是仇。"

扎克里亚靠近艾琳娜,用手捧着她的脸,像是捧着价值连城的宝藏:

"别这么悲观,艾琳娜,我们现在在这里做的,以后无论到了哪里,都可以反复实践。谁知道呢,也许有天,我们或者像我们一样的人,能悟得仇恨的渊源,从众人的意志中把它剥离干净,那时我们或许能够再次相遇。"